光文社文庫

文庫書下ろし／長編時代小説

麻と鶴次郎

新川河岸ほろ酔いごよみ

五十嵐佳子

光 文 社

この作品は光文社文庫のために書下ろされました。

目次

第一章　美《び》酒《しゅ》爛《らん》漫《まん》

十月に入ると江戸はにわかに寒さがきびしくなった。

麻《あさ》は、唇に紅をたっぷりのせると、藍《あい》の地に(千)と白抜きされた前掛けをしゅっと音をさせて締め、外に出た。

雲が勢いよく流れている。風の中に塩の匂いがした。

麻は下り酒問屋『千石屋《せんごくや》』のひとり娘で、今年三十二歳になる。

千石屋は新川《しんかわ》に立ち並ぶ酒問屋のひとつで、十七歳の時に祝言《しゅうげん》をあげた一つ年上の亭主・鶴次郎《つるじろう》が今は店を切り盛りしている。

麻の両親である先代夫婦は根岸《ねぎし》に隠居しており、十三歳になる息子の京太郎《きょうたろう》は昨年から上方《かみがた》の問屋に奉公している。京太郎がこちらに戻ってくるまでの間は、奉公人は別にして、麻と鶴次郎とふたり暮らしだった。

店に向かいながら、麻は今年の「新酒番船《しんしゅばんせん》」を思い出した。

初鰹《はつがつお》、新茶、新茄子《なす》とあらゆる初物に血をたぎらせる江戸っ子にとって、上方の新酒を江戸に運ぶ樽廻船《たるかいせん》の速さを競う新酒番船は一大行事だった。

新酒番船の到着地は、江戸の酒問屋の三分の一が集まる、ここ新川である。

品川《しながわ》沖に到着した樽廻船から酒樽を受け取った伝馬船《てんません》を、ねじり鉢巻にふんどしをきつく締めた屈強な水主《かこ》が力いっぱい漕ぎ、白波を蹴立てて海を渡り、川を上ってくる。

その船を両河岸《がし》はもとより、新川にかかる一ノ橋、二ノ橋、三ノ橋にも鈴なりになった見物客が歓声をあげて出迎えるのだ。

一番に入港した酒は特別に高い値で取引され、その船は「惣一番船」として一年間優先的に荷役ができる権利を得る。

通常なら風待ちもふくめ、上方から江戸まで十二日から二十日ほどかかるところを、今年の新酒番船はわずか五日で到着した。

船の順位を判定する立会人は酒問屋と樽船引受問屋から選ばれる。麻の亭主の鶴次郎もその一人だった。

あの日、鶴次郎は向こう岸で三番船に番札を渡す役目を終えると、千石屋の艀《はしけ》に立っていた麻にふりむいてひょいと手をあげた。そのときの紋付羽織袴《はかま》の凜々《りり》しい姿、まぶしい笑顔を思い出し、つい麻の顔がゆるんだ。年配者が多い立会人の中で鶴次郎はとびきり若く、姿がよい。麻は誇らしい気持ちでいっぱいだった。

「何かええことありましたか」

耳元で、鶴次郎の声がして、麻は飛び上がりそうになった。

亭主の晴れ姿を思い出してにやけていたなどと、当の本人にいえるものではない。

「ええ天気や。さっきまた船がつきましたで。伊丹《いたみ》の花筏《はないかだ》だす」

花筏は人気の酒のひとつだ。

「出来具合は？　お味はどうでした？」

「それこそお麻の出番や。ちょっと来てくれなはれ」

普段、鶴次郎は上方なまりの残る江戸言葉を使っているが、麻とふたりのときは使い慣れた上方言葉を話す。

鶴次郎は伊丹の酒問屋の次男で、十二歳で江戸に出てきて、千石屋に奉公した。

ゆくゆくは上方に戻り、当主となる兄を助けるはずだったのだが、麻と理《わり》ない仲になり、夫婦になって江戸に腰を落ち着けた。

鶴次郎は、上方の酒のことなら何でも知っているし、金勘定も抜け目なく、柔らかな見た目にもかかわらず、根は親分肌で頼りがいがある。

だが、鶴次郎にはひとつ難があった。ふたりが一緒になることに、麻の両親がすぐに首を縦に振らなかったのはそのせいだった。

麻は鶴次郎とともに、白漆喰《しっくい》になまこ壁の蔵の脇を抜けて、新川河岸に出た。両岸に並ぶ白い土蔵がまばゆいばかりに光を放っている。

きらきらと陽光を照り返す川面《かわも》を、猪牙舟《ちょきぶね》や伝馬船が行き来し、河岸で荷を下ろす人足《にんそく》や舟をこぐ水主《かこ》の塩辛声が空に抜けていた。

江戸に上方から運ばれる酒は、一年に四斗樽（約七二リットル）で百万樽にも及ぶ。その半分がここ新川で下ろされ、江戸市中に運ばれていくのだ。

千石屋の艀では赤銅色《しゃくどういろ》の肌をした男たちが伝馬船から酒樽を次々に下ろしていた。

「ご苦労さんです。仕事終わりにはこの酒をつめた三合徳利《とつくり》が待っていますよ」

麻が声をかけると、男たちの顔がたちまちほころんだ。

「さすが千石屋の女将《おかみ》さん。太っ腹だ」

「旦那《だんな》さん、伝馬船はあと何艘ですかい」

「これを含めて延べ五艘や。しっかり運んでくださいよ、あんたらの働きに、千石屋の商いはかかってる。江戸で一等早く、花筏を飲むのはみなさんや」

生粋《きっすい》の江戸言葉と比べ、鶴次郎の口調はほんのりと柔らかい。だが声は大きく威勢がよかった。男たちからお〜っと声があがった。

「となったらさっさと運んじまおうぜ」

店の奥には持ち帰り用の三合徳利がずらりと用意されていることを男たちは知っていた。

「とりあえずひと樽、店に運んでくださいな」

「へいっ」

四斗樽を傍らの若い衆ふたりは軽々と持ち上げ、艀から蔵のわき道を抜けていく。

「無事に船がついて何よりや」

鶴次郎はほっとした顔でいった。

大坂から江戸への航路には紀州《きしゅう》沖や遠州灘《えんしゅうなだ》の難所がある。伊豆《いず》から江戸に入る浦賀《うらが》水道も水主泣かせの海の道で、風向きや波の具合に油断なく注意を払わなければならない。

船は、陸が見える沿岸を走り、風雨が激しければ最寄りの港で何日でも待機し、江戸までようやくたどり着く。

大きな船だろうが板子一枚下は荒海というのは変わりなく、難破や積荷の水漏れ事故と無縁ではない。過去には大風による難破が相次ぎ、江戸の酒が三割値上がりした年もあった。船荷を失い、新川から消えた店もある。

水主や船主だけでなく酒問屋も、命がけで新酒の到着を待っていた。


千石屋は、切妻屋根に本瓦《ほんがわら》、千本格子に白の漆喰壁の、間口四間《けん》（約七・二メートル）の店だ。屋根の三角の頂点にも㊉と書かれた「鬼瓦」が載っている。

鶴次郎に続き、麻が鴨居《かもい》に頭をぶつけぬように少しだけかがんで中に入ると、店には、すでになじみの酒仲買が顔を揃えていた。船が無事について重畳《ちようじよう》だと口々に繰り返している。

「いらっしゃいませ。届いたばかりの新酒でございます。開きたての味わいをぜひご賞味ください」

鶴次郎は愛想よくいい、手代《てだい》の政吉《まさきち》に板の間においた四斗樽を開けるよう命じた。

政吉は樽酒をしばっていた太縄を慣れた手つきで切り、木槌《きづち》と金梃《かなてこ》を使い、蓋《ふた》をゆっくりとこじ開けた。政吉は二十歳をひとつ過ぎたばかりだが、気働きができる男で、鶴次郎と麻のお気に入りだ。

蓋が外れるや、馥郁《ふくいく》たる香りが弾《はじ》けるように店に広がった。政吉は柄杓《ひしゃく》で酒を湯呑に注ぎ入れ、麻にうやうやしく手渡した。

麻は湯呑を持ち上げ、香りを確かめた。

熟れた果実を割ったような、あるいはつきたての餅のような香りの中に、栗を思わせる匂いも混じっている。口に含むと、落ち着いた、ほどよく重みのある味が広がった。喉《のど》をつたう様も、余韻も味わい、麻はにっこりと笑った。

「上等でございます」

鶴次郎が目を細め、政吉をうながす。

政吉は漏斗《じょうご》を用い、次々に酒を徳利に移すと、小僧たちが酒仲買が手にしている猪口《ちょこ》に酒を注いで回る。

「コクがある。それでいて切れがいい」

「今年もいい花筏が届きましたな」

「これは喜ばれそうだ。うちは樽五ついただきますよ」

「うちは樽六つ」

次々に注文が入った。麻は残りの酒をくいっと飲み干すと、振り向いて鶴次郎を見た。さっきまで麻の後ろに立っていたのだが、鶴次郎はそのときはもう帳場の奥に座っていた。顔がほんのり赤く染まり、目は心なしかとろんとしている。

鶴次郎の難点。それはまったく酒が飲めないことだった。盃《さかずき》一杯で目を回す。匂いを嗅いだだけで酔ってしまうことさえある。

麻の両親が当初、鶴次郎に色よい返事をしなかったのは、『新川は上戸《じょうご》の建てた蔵ばかり』と川柳にも詠《よ》まれる場所に店をはる主《あるじ》が下戸《げこ》では話にならないという理由からだった。

だが、麻にも弱みがないわけではない。

麻の弱み……それは麻の背が並みの男より頭一つ分も高いことだった。

ひとりで立っていれば、麻はすらりとして過不足がない見てくれだ。多少、額が広く、紅を塗った口が大きいきらいはあるが、うりざね顔で、鼻は指でつまんだようにかわいらしく、大きな目は表情豊かでもある。

けれど、人の間に入ると、「でかい」とみなが麻を見上げる。

鴨居に頭をぶつけないようにかがむことが習い性になっている女は、江戸広しといえど、自分くらいだろうと、麻も自覚している。

女は小さくかわいらしいに限るという風潮の中、いくら千石屋という後ろ盾があっても、これほど背が高いと、仲人だって二の足を踏む。その証拠に、年頃になっても見合い話はほとんどなかった。

このままだと、家柄は悪くないが金や女にだらしない男や、賭け事に目のない三文安い男を押し付けられかねないと親たちは懸念もしていた。

人物は申し分ないものの下戸である鶴次郎。欠点を抱えていそうな見合い相手。両者を秤《はかり》にかけ、麻の親はふたりが所帯《しょたい》を持つことを許してくれたのだ。

鶴次郎も人より背が高かった。長身なうえ骨太で、こちらも鴨居に頭をぶつける口だ。ただ島田髷《まげ》の分だけ、鶴次郎より麻のほうがわずかに背が高く見える。

ふたりを蚤《のみ》の夫婦という者もいる。

でかい女と、匂いだけで酔ってしまう酒問屋の主。

破《わ》れ鍋に綴《と》じ蓋という者もいる。

けれど、ふたりは所帯を持ってから喧嘩《けんか》をしたことがない。麻は鶴次郎のためにやれることはやりたいし、きれいでいたいと思う。鶴次郎はいつだって麻に優しい言葉をかけ、笑顔を見せる。麻と鶴次郎は一緒になって十五年になった。

新酒が届くこの時期、手代の政吉と一緒に有名料理屋や酒屋に挨拶回りに行くのは麻の役目だった。

その日、麻は、薄紫地の小紋《こもん》に、六つの瓢箪《ひょうたん》が並ぶ塩瀬《しおぜ》の帯を合わせた。「六つの瓢箪」すなわち「六瓢」は「無病」につながり、「健康長寿」「家内円満」をもたらす吉祥意匠である。

手鏡を見ながら、白粉《おしろい》を押さえ、紅をつけ直し、麻が店に出ていくと、帳場に座っていた鶴次郎と番頭の佐兵衛《さへえ》が顔をあげた。

店にはこの時期、仲買人がおしかけるうえ、酒を送ってよこした酒造家にすぐさま、船の到着日、銘柄名、到着した量などを列記した「入船覚」という文を送らねばならず、鶴次郎も番頭も大忙しだった。

「あいさつ回りでっか？」

「今日は日本橋界隈《にほんばしかいわい》をまわろうかと」

鶴次郎は草履をつっかけ、土間におりてきて、麻を上から下まで見つめた。

「新しい着物やな。よう似合うてる」

鶴次郎は細かいことによく気がつく男である。

世には、女房が「この着物はずっと前に買ったものですよ」とすっとぼければ「そうだったか」ですむ亭主も多いのに、麻が新しい着物や帯を身につければ、鶴次郎はすぐにぴんとくる。

ただ、麻が新しい着物を買おうが、華やかな紅を唇に塗ろうが、鶴次郎はほめこそすれ、とがめることはない。

「色がええ。顔によう映る。紅もきれいについとる」

紅のことでは、麻は母親の八千代《やちよ》にたびたびきつくとがめられている。

――お麻はただでさえ背が大きくて目立つのに、そんな派手な化粧をして品が悪い。まるで玄人女《くろうと》みたいだよ。

――年甲斐もなく、いつまで紅をつけるつもり？　京太郎の嫁取りに差支えますよ。

お麻ちゃんは派手好きだとか、あの年で男に色目を使っているとか、紅をさしたからといってかわいく見える柄じゃないとか。さんざん陰口をたたかれていたのも知っている。

だが、麻は誰になんと言われようが紅を塗るのをやめるつもりはなかった。

十五のときから麻は紅を唇につけるようになった。

以前、麻は柱の陰に隠れるような子どもだった。

手習い所に通い始めたときには、麻はすでにほかの子より頭一つ大きかった。なりが大きいからか、あらも目立つ。同じ失敗をやらかしてもお師匠さんから小言を頂戴するのは決まって、麻だった。八千代からも「楚々《そそ》と見えるようにふるまいなさい。大きいんだから」といわれ続け、そのたびに麻は少しずつ傷ついた。

華奢《きゃしゃ》な体を愛らしい晴れ着で包み、自分のかわいらしさを見せつけるようにふるまう娘たちを見ると、いくら望んでも自分には手に入らないものがあるとも思わされた。

理由がそれだけだったのではないけれど、とにかく麻は長らくひどい人見知りだった。時間をかけて親しくなった友人や奉公人とは安心して好きなことがいいあえるのに、初対面の人には分厚い壁を作ってしまう。

たまたま入った小間物屋で、そんな自分が変わるなんて、麻は想像もしていなかった。

小間物屋のおかみさんに強く勧められ、断りきれず、試しに白粉をはたき、紅をさした。

そのとたん、鏡の中の自信がなさそうな女の子に金色の光がさした気がしたのだ。

思い切って笑顔をつくると、陽気な明るい顔が鏡に浮かび上がった。

それが自分の顔だと思ったとたん、心の中にほがらかな笑い声が響いた。

その日、麻は小遣いをはたいて、化粧道具を買った。

紅と白粉を塗っていれば、麻は臆病風を追い払うことができた。

自分の気持ちを表す言葉を探し、少しずつ口にすることができるようにもなった。よく笑い、おたおたすることが少なくなった。

以来、紅と白粉は、麻が元気に過ごすお守りになったのだ。

鶴次郎は麻にほほ笑み、政吉を呼んだ。

「お麻の挨拶回りの供をしておくれ」

政吉は心得た様子で、すぐさま新酒の菰樽を小さな大八車にのせた。

視線を感じてふりむくと、番頭の佐兵衛がじっと麻を見ていた。佐兵衛は麻が生まれた時にはすでに千石屋に奉公していた。すっかり白髪《しらが》で髷も細くなっているが、その分、威厳としか呼びようもないものを身につけている。

佐兵衛はにこりともせずにいった。

「お嬢さま。わかっておられますな。飲み過ぎにはお気をつけてください」

ぱたぱたと走ってくる足音が聞こえたかと思うと、帳場の奥の暖簾《のれん》をあげ、女中頭の菊《きく》が店に入ってきた。菊は草履をつっかけて土間におり、麻の袖《そで》をつかみ、耳元でささやく。

「いいですか。決して調子に乗らないように。お頼みいたしましたよ」

両親が隠居したあと、麻の耳に痛いことをいうのはこの佐兵衛と菊のふたりだった。

麻は鶴次郎とは真逆で、酒が好きで強い。女だてらに晩酌もかかさない。

いくら飲んでも麻は、酔いつぶれたりはしないし、ろれつがまわらなくなったりもしない。

だが、たくさん飲めば楽しくなって、いつもより口数が多くなったり、笑いがとまらなくなったりと、多少のことはある。

すると、ふたりは「それが酔っているということです」と、酔うのが悪といわんばかりにいう。「お酒を持ってお嬢さまが出かけると、心配でしょうがない。女が大酒を飲むなんて、外聞が悪いんですよ。飲むのはちょっとだけになさってください。一合、せめて二合までにしてください」とふたりして、酒問屋に生まれ育った麻に口をそろえる。

菊も麻が生まれる前から奉公していて、佐兵衛は五十七、菊は来年還暦だ。

ふたりは三十二歳の麻をいまだに「お嬢さま」と呼んでいた。大きい子どももいるのだからお嬢さままではみっともないと麻がいっても、やめてくれない。近頃では、「御新《ごしん》造《ぞう》さま」と呼ぶより、お嬢さまといったほうが小言をいいやすいので、わざといい間違えているのではないかと、麻はにらんでいた。

「お麻、たのんまっせ。みなさんによろしゅうな」

鶴次郎が励ますように明るい声でいい、肩をぽんとたたいた。

外に出ると、たすき掛けをした政吉が大八車の引手をつかんで待っていた。

訪ね先の目印は、店の軒にぶら下がっている「酒林《さかばやし》」だ。酒林は酒屋の看板だった。杉の葉を一～二尺（直径約三〇～六〇センチ）の丸形にしたものが多いが、無造作に杉の枝を束ねただけのものもある。

「ご無沙汰《ぶさた》しております」

麻は腰をかがめ、本町《ほんちょう》一丁目の請酒屋《うけざかや》『杉下《すぎした》』に入った。

日本橋の大通りである本町の表通りにはさすがに居酒屋はないが、一本裏道に入るとこまごました飲み屋が昼から店を開けている。

杉下はそうした居酒屋をはじめ、煮売茶屋、料理屋、神社仏閣にも酒を納めている。商家や長屋住まいの人にも分け売りをしていて、店には貸し出し用の通い徳利も壁に並んでいた。

「これはこれは、千石屋のお麻さん、お久しぶりです。わざわざよくおいでくださいました」

帳場にいた主の三左衛門《さんざえもん》が顔をあげ、土間に下りてきた。酒焼けした鼻をしている。

「先日、入荷した老松《おいまつ》、きりっとした味だと評判で、また注文しなければならないと思っていたところでした」

「今日は、届いたばかりの花筏のご紹介にうかがいました。こちらもいけますのよ。ぜひお味見をお願いしたいと思いまして」

三左衛門から笑みがもれる。麻はいつも三左衛門好みの新しい酒を持参して、もう結構というまで存分にふるまう。

政吉が、樽から徳利に酒をうつし、麻に手渡した。

三左衛門が手にした猪口に麻が酒を注ぐ。三左衛門は匂いをかぎ、酒を口に含んだ。

「……ほ〜っ。香りよく、しっかりした味わいですな」

「でございましょう。老松と花筏、どちらもご注文お待ちしております。ん〜〜いいお味」

麻も、政吉から受け取った猪口をちゃっかり手にしている。

「三左衛門さん、もうひとつ、よろしいでしょう」

「まだ日があがったばかりなのに、酔ってしまったら仕事になりませんが……いただきます。お麻さんと飲むのは格別ですからなぁ」

「うれしいことおっしゃって」

「うまい酒だなぁ。こうなると止まりませんな」

「終わりにできないというのがお酒のいけないところですよね。楽しくて困ったものでございます」

爆笑した三左衛門と目をあわせて、麻も笑い出す。

どの店でもこの調子なので、昼までにまわれた店は五軒に過ぎない。けれど、麻が訪ねた酒屋は千石屋の酒を率先して仕入れてくれる上客ばかりだった。

通りに出ると、政吉が小さな声で麻にいった。

「お麻さま、結構、召し上がったようですが、大丈夫ですか？　酔っていらっしゃいませんか？」

「いやぁねぇ、政吉まで佐兵衛みたいに。このくらいで酔うもんですか。千石屋の娘、もとい、女将ですもの。あと一、二升は軽くいけますわ」

威勢よく胸をはったところをみると、やはり少しは酔っている。

だが、麻のいう通り、ここからが麻の酒は本番だった。

放っておけば顔色も変えずに、おいしいおいしいと飲み続ける。

五軒の店主も飲みに飲んだ。さすがに千鳥足になった酒屋の主はいなかったが、麻と互角に飲んで、不覚にも船をこぎだしてしまった者はこれまで、ひとりふたりではない。

「でも今日はこれで終《しま》いにして、蕎麦《そば》でもたぐっていきましょうか。小舟町《こぶなちょう》においしい更科《さらしな》を食べさせる店があるの。政吉はお蕎麦、好きでしょ」

「へえ。好物でやす」

小舟町は伊勢町堀《いせちょうぼり》に面した一角である。鰹節や塩干肴《しおぼしさかな》の問屋が並んでいて「鰹河岸」と呼ばれている。蕎麦屋『松尾《まつお》』は鰹河岸のはずれ、下駄屋や雪駄《せった》屋、傘屋が混在する照降町《てりふりちょう》の手前にある小さな店だった。

実の甘皮も挽《ひ》き込み、蕎麦の風味が強く、つゆも濃いめな藪《やぶ》蕎麦に対して、更科は蕎麦の実の中心の粉だけで打つ白い蕎麦だ。つゆも甘めで、上品なあじわいと繊細な喉ごしから、御前蕎麦ともいわれる。

政吉はあられそばとかけそばを一杯ずつ、麻はもりそばを二枚、平らげた。

「お麻さま、体が冷えませんか」

「お酒を飲んだ後は、冷たいもりそばがいいの。体がちょっとほてってるから」

奥から「二枚をぺろりとは……大女はさすがに食べっぷりが違うねぇ」という店の者のひそひそ話が聞こえたが、麻は聞こえぬふりをして紅をさしなおした。

外で女の悲鳴があがったのは代金をおき、店を出ようとしたときだった。

あわてて外に出ると、若い娘がうずくまり、供の女中が腰を抜かしたように倒れている。

麻は娘に、政吉は女中に駆け寄った。

「どうなさったの？」

「た、袂《たもと》を切られて……」

確かめると、娘の左の袖《そで》がざっくり切られている。

「お怪我《けが》は？」

娘は首を横に振る。顔から血の気《け》がうせていた。

物見高い者が多い江戸のことで、あっという間に人が集まってきた。

「巾着《きんちゃく》切りかい？」

「じゃねえよ。袂切りだ」

「袂切り？　なんでまたそんな」

「この間も、両国《りょうごく》広小路で、似たようなことがあったって聞くぜ」

そんな物騒なものが流行《はや》っているのかと、麻は眉《まゆ》を寄せた。

麻は娘を抱き起こし、政吉は女中を立たせて、蕎麦屋の前の腰掛に座らせた。

「向こうから男がぶつかってきたんです」

娘の声は震えていた。男が通り過ぎてしばらくして、ふと体に風を感じて、袂が切られたことに気づいたという。

人垣をかきわけるようにして、若い男がやってきたのはそのときだった。

大島紬《つむぎ》の羽織と着物をパリッと着こなし、一筋の乱れもなく髷を結い上げている。

目鼻立ちも整っていて品があり、見るからに、いいところの息子という風情だ。

「お駒《こま》さま、どうなさったんです」

「弥太郎《やたろう》さま……怖かった」

弥太郎という男の顔を見た途端、駒と呼ばれた娘の顔がゆがみ、ほろほろと涙が伝った。

人心地を取り戻した女中が、駒は日本橋瀬戸物町《せともとちよう》の蠟燭《ろうそく》問屋『柏屋《かしわや》』のひとり娘で、琴の稽古の帰りだったと麻にいった。

「弥太郎さんは、お駒さまの許婚《いいなずけ》でして」

弥太郎は駒の前にしゃがみこみ、その手を握りしめ、慰めの言葉を繰り返している。

不幸中の幸いとはこのことではないか。好きな男がこうして慰めてくれれば、駒はどんなにほっとすることだろう。突然降りかかった出来事の恐《おそ》ろしさも気持ち悪さも薄らぐに違いない。

自分の役目は終わったとばかり、この場をあとにしようと麻が立ち上がったとき、なじみの岡っ引きの竹市《たけいち》がやってくるのが見えた。

「袂を切られたって？　え？　まさかお麻さんが？」

竹市は額に皺《しわ》をよせて、麻を見上げた。麻はあわてて首を横に振った。

「切られたのはこちらの娘さん。私は行き合わせただけで」

竹市はこのあたりを縄張《なわば》りにしている岡っ引きだ。実家の煙草《たばこ》屋は女房にまかせっきりで、年中、町を飛び回っている。三十手前で額の真ん中に大きなほくろがある。

新川は縄張《なわば》り違いだが、竹市の兄の吾介《ごすけ》が千石屋で荷揚げ人夫として働いている縁で、千石屋を訪ねてきた竹市と麻は何度か酒を飲んだことがあった。新川では酒はお茶代わりだ。

事情を聞くという竹市に促され、駒は弥太郎に肩を抱かれながら番屋に歩いて行く。

その後ろ姿を見送りながら、政吉がため息をついた。

「女の袂を切るなんて、とんでもねえ輩《やから》がいるもんですね」

「とっつかまえて、二度とそんなことをしようと思わないように、しめあげないとね」

酒樽が軽くなったため、帰り道の大八車はからころ弾んだ音をたてた。

広重《ひろしげ》の「江戸名所百景」にも描かれた美しい白壁の土蔵が並ぶ小網町《こあみちょう》河岸を抜け、思案橋《しあんばし》を渡った。

思案橋ができたころ、その先には、吉原《よしわら》遊郭と芝居町があった。そこで、旦那方が「さて今日は吉原に行こうか、それとも芝居でも見ようか」と思案するという粋な名が橋につけられたらしい。吉原は明暦《めいれき》の大火を機に浅草日本堤《あさくさにほんづつみ》に移転したが、芝居町の葭町《よしちょう》には、今も歌舞伎小屋が軒を並べている。

行徳《ぎょうとく》河岸にかかる箱崎橋《はこざきばし》を渡り、日本橋川を湊橋《みなとばし》で越えれば、千石屋はすぐだった。

「お帰りぃ。ご苦労さんでしたな、お麻、うどん、一緒に食べませんか」

帰宅すると、鶴次郎が台所に立っていた。鶴次郎はうどんのつゆだけは、人にまかせず必ず自分で作る。

鶴次郎のつゆは、上方風の昆布と鰹の合わせ出汁《だし》だ。醤油はちょっぴり、味を決めるのは塩である。江戸前の醤油味に慣れた麻には、はじめはものたりないような気がしたが、慣れるにつれ、あっさりした中に深い味わいが感じられ、今では麻もつゆまで飲み干してしまう。

「残念。お蕎麦を食べてきちゃったの。鶴次郎さんのうどん、おいしいのに、お出汁、残っているなら、夜、茶碗蒸しでも作りましょうか」

「ええなぁ、昼からも張り切って働こうという気になりますな」

満足げにうどんをすする鶴次郎にお茶を淹《い》れながら、麻は袂切りの話をした。

「小舟町にも出ましたかいな。両国広小路でも、湯島天神《ゆしまてんじん》や神田明神《かんだみょうじん》の縁日でも、似たようなことがあったそうや。気色《きしょく》悪いこっちゃ」

驚くかと思いきや、鶴次郎は眉をひそめてつぶやく。そういえば、野次馬もそんなことをいっていた。

「お麻も気を付けないとな」

「大丈夫ですよ、狙われるのは若い娘でしょ」

「お麻のおいどでも切られたら、わて、たまらんわ」

ぼそっといって、ずずっとうどんのつゆを飲み干した鶴次郎を、麻は油のきれたような表情で見つめた。おいどは、上方言葉でお尻という意味である。


それから三日ほどして、麻の友人の美園《みその》が千石屋を訪ねてきた。

美園は瀬戸物町の煙草問屋『織田《おだ》』の娘で、同じ町にある料理屋『薫寿《くんじゅ》』に嫁入りし、今は女将として、店を取り仕切っている。

麻と美園はお茶とお花の稽古が一緒だった。背が低く、ころころ太っている美園は、昔からおいしいものに目がなく、気持ちよいほどよく食べる。饅頭《まんじゅう》も一個二個ではすまない。

だが、本人にその自覚がないのか、気づかないふりをしているのか、「私は水を飲んでも肥える性分なの」と自称している。

ふたりは裏表がなく口が堅いというところがよく似ていて、昔から気が合った。今も折にふれ、おしゃべりに興じる友人である。

疋田《ひった》絞の洒落《しゃれ》た道行きをさっと畳み、美園は座敷にあがると、「つまらないものですが」といって、紙包みをすべらせた。

「お気を遣わせて、いつもすみません」

「いえほんのお口汚しで」

「……何？　おいしいもの？　開けていい？」

「もちろんよ。ふたりで食べようと思って持ってきたんだから」

型通りのやりとりがすむと、ふたりはすぐにざっくばらんな口調に変わった。

包みの中身は、干し柿だった。真っ白に粉をふいていて、甘みがぎゅっと詰まっているのが見た目からもわかる。

「おいしいわよ。料理屋の女将の私がえりすぐったものだもの」

甘くもちもちとした干し柿をほおばり、せんべいをかじり、近況報告しあい、美園はようやく、訪ねてきた本論に入った。

「実は聞いてほしいことがあって……」

美園の友人の娘が一月後に婿取りをすることになったのだが、今になって、その男と娘を一緒にさせていいものかと悩み始めたのだという。

「うちの近所の、蠟燭問屋のお嬢さんの話なのよ」

瀬戸物町の蠟燭問屋。もしかして先日、袂切りにあった娘ではないか。

「……柏屋のお駒さん？」

「お麻ちゃん、知っているの？」

美園はこぼれ落ちそうなほど目を見開き、ぱちぱち瞬きを繰り返す。

「知っているってほどじゃないけど。その娘さんが袂を切られたときにたまたま近くの蕎麦屋にいたのよ。悲鳴を聞いて、抱き起こして、蕎麦屋の前の腰掛に座らせたってだけの話で」

「そうだったんだ。背の高い女の人が助けてくれたって聞いたけど、お麻ちゃんだったとはねぇ」

背が高いといわれることには慣れているが、またかと思わないでもない。

「で、犯人はつかまったの？」

「まだらしい。袂を切ったところを見たって人が見つからないんだって」

「気の毒に。犯人が捕まらないんじゃ、胸のつかえがとれないわよね」

「今も家に閉じこもっているようよ」

駒の母親は多恵《たえ》といい、美園とはお針の稽古で一緒だったという。

お針の稽古と聞いて、麻は肩をすくめた。美園と多恵のお師匠さんは、厳しいことで知られていた。針の目がちょっとでもそろってないとやり直しを命じるため、四苦八苦していた美園を覚えている。だが、修業を終えれば晴れ着も縫えるようになると評判でもあった。

一方、麻は、甘いことで知られる師匠についたせいで、今も針仕事が得意とはいいがたい。

だがなんでも縫えるようになった美園は店が忙しく、鍛えた腕を披露する間もない。

美園の店・薫寿は『八百善《やおぜん》』や『八百仁《やおじん》』とまではいかないが、旗本や大店にも使われる高級料理屋だった。

「そのとき、弥太郎さんという人が居合わせたのも知ってる？」

美園が身をのりだして低い声でいった。麻がうなずく。

「お駒さん、すがりついて泣いてたわ」

麻ははっと眉根をよせた。

「その弥太郎さんのことが、気が進まないの？　お多恵さんが？」

美園は茶をすすりながら目をふせた。

「そうみたい」

「何が気にくわないのよ」

う～んと美園は口ごもった。

「まさか、お金目当てとか？」

この節、何事も金だという者も増えている。

柏屋が扱うのは高価な蠟燭だ。つきあいは大名、旗本、神社仏閣、高級料理屋など上つ方に限られる。実入りも身上も大きい。

「そういうわけでもなさそうなんだけど」

美園は歯切れ悪くいい、小首をかしげた。

「女癖が悪い？　もしかして博打《ばくち》好き？」

「どっちでもないんじゃないかな」

麻は体をおこした。

「じゃ、何が悪いのよ。見合いなんでしょ。仲人がしっかりしていたら、めったなことはないでしょうよ」

「話を持ってきたのは、横浜《よこはま》の船宿の主人なの。柏屋さんのお得意さまだって」

「横浜の船宿？」

「『品浦屋《しなうらや》』さん。以前は品川で船宿をなさっていたんだけど、横浜が開かれたのを機に、そちらに移ったお店だそうよ」

横浜が開港したのは安政六年（一八五九年）のことである。それから三年。開港前は半農半漁だった横浜の町は、生糸貿易の隆盛とともに、栄えはじめていると聞く。だが船宿にもいろいろあり、飯盛り女をおいて、男相手の商売に力を入れている宿も少なくない。

紅を塗った麻の唇が不満げにとがったのをみて、美園があわてていい添えた。

「品浦屋さんは船貸しをしている、ちゃんとした船宿だって」

「だったら、信用できるでしょうが」

「だから話がとんとん進んだわけなんだけど」

弥太郎は、焼津《やいづ》の大きな網元の三男だという。長男は家を継ぎ、次兄は掛川藩《かけがわはん》の勘《かん》定方《じょうがた》・坂本《さかもと》家に婿入りしている。網元に生まれた者が、武家の、それも勘定方の家の婿になったというのはそうある話ではない。勘定方は能吏《のうり》でなくては務まらない役職だった。

「ご出世ねぇ。で、ご当人は？」

弥太郎は、沼津《ぬまづ》の廻船業の店に奉公した後に、横浜の品浦屋で一年ほど働いていたところ、主が弥太郎の働きぶりと才覚を見込んで、婿入り話を柏屋の多恵に持ち掛けたという。

住んだ土地を離れ、奉公したのは、亭主の鶴次郎も同じだ。息子の京太郎も今、その真っ最中だ。そう思うと、麻は弥太郎ににわかに親しみを感じた。

奉公はたやすいものではない。

商家への奉公は、読み書き算盤《そろばん》を身につけた十歳前後からはじまる。店に住み込み、まずは下働きとして、雑用一切を引き受ける。手代に昇進して、はじめて正式な雇人と認められ、給金がもらえる。それが早くて十七、八歳だ。

知らない土地での奉公はなおのこと苦労がある。

鶴次郎は今でこそ、江戸言葉を話せるようになったが、最初は上方言葉が抜けないことや、酒が飲めないことを仲間からしょっちゅう、からかわれていた。

だが愛嬌《あいきょう》があり、頭も切れ、人の気をそらさない。その上、酒問屋の生まれなので、どこかおっとりとして品もあり、上の者や顧客にはかわいがられた。それが一時、奉公人仲間のやっかみを呼んで、いじめられていたこともあった。

蔵の陰で、鶴次郎が羽交い締めにされ、蕎麦猪口になみなみついだ酒をさしだされ「飲んでみせろ」と迫られていた現場に、麻は遭遇したことがあった。鶴次郎をかわいそうに思った麻はその手代から蕎麦猪口を奪い取ると、「かわりに私が飲んであげる」といって飲み干した。だが、鶴次郎は顔を真っ赤にして麻を怒った。

――自分の始末は自分でつける。お嬢さんが出てくるな。

そしてあんなに嫌がっていた酒を蕎麦猪口に自分でつぎ、三杯続けて飲み干して、ひっくり返った。

以来、鶴次郎は奉公人仲間にも一目置かれるようになったのだが、麻はよかれと思ってやったのに、鶴次郎に怒鳴られたことが悔しくてたまらなかった。

しばらくの間、麻は鶴次郎とは目を合わせもしなかった。

でも、たぶん、それが契機となり、鶴次郎を男としてみるようになったのだと思う。

麻が十六になった春の出来事だ。

美園の話は続いている。

「お駒さんとの縁談がまとまると、焼津から弥太郎さんの兄さんが柏屋に挨拶にきたの。そのとき顔合わせに、うちの店を使ってくれたのよ」

「兄さん、どんな人だった？」

「網元ってくらいだから、真っ黒に日焼けして豪快な人かと思ったら、こちらも品のいい、聞き上手の男なの。柏屋さんがかかりを持つといったのに、これくらいは私に持たせてくださいといったのにも驚かされたわ。こういうときは、婿にもらう柏屋が代金を持つにきまっているのに」

「で、どっちが払ったの？」

「そりゃ柏屋よ。でもお運びたちにはご祝儀をたんまり」

「太っ腹ねぇ。聞いた限りでは、なにがひっかかっているのか、全然わからない。多恵さんのご亭主はなんておっしゃっているの？」

「それが……」

多恵の亭主で、駒の父親の源七郎《げんしちろう》は二年前に亡くなり、以来、多恵は女手ひとつで蠟燭問屋を切り盛りしているという。そのうえ、多恵は駒の実の母親ではなかった。駒の実母は産後の肥立ちが悪く駒を産んでまもなく亡くなった。多恵はその後に、源七郎と一緒になった駒の継母だった。

「いってみれば、弥太郎さんが祝言を急いでいるのが気に入らないみたいなんだけど」

「惚《ほ》れたらそうなるんじゃない？」

「ご亭主をなくしてから多恵さん、何もかもひとりでやってきたから、急に不安になっちゃったのかもしれない。実の娘ではないけど、お駒さんは、三つのときから手塩にかけてかわいがって育ててきたひとり娘だし」

「浜の真砂は尽きるとも世に悩みの種は尽きまじ、か」

釜茹《かまゆ》での刑になった大泥棒の石川五右衛門《いしかわごえもん》の辞世の句の『浜の真砂は尽きるとも世に盗人《ぬすびと》の種は尽きまじ』になぞらえて麻がいうと、美園が苦笑した。

「悩みなんてなさそうなお麻ちゃんがいうと、おかしい」

人から見たら、家付き娘の麻はお気楽に見えるだろうが、大坂で奉公している京太郎のことを思わぬ日はない。大事な人がいればいるだけ、心配事は増えるのだ。

「お駒さんとよく話してみるしかないんじゃない？」

「それがねえ。袂切りにあって以来、お駒さんはすっかり弥太郎さんに頼り切りで、お多恵さんのいうことに耳を貸さないらしいのよ」

くすっと麻が笑う。

「その気持ち、わかるわぁ。お駒さんと弥太郎さん、今は楽しくてしょうがないのよ。お金持ちの息子で働き者、見た目もいいし、お互いにぞっこん。できすぎなくらいじゃない？」

「お麻ちゃんも鶴次郎さんと熱々だったものね。私は祝言ではじめて亭主の顔を見た口だから。うらやましいったらありゃしない」

「どの口がいっているんだか。仲よくやってるくせに」

美園はふうと息をはき、表情をゆるめた。

「お麻ちゃんと話していたら、結構尽くしだという気がしてきたわ」

美園はすっきりとした顔で、また干し柿に手を伸ばした。持ってきた干し柿は八個。麻は一個食べただけなのに、美園はしゃべりながら三個も食べた。肥えているわけである。

美園を見送り、店に麻が戻ると、帳場に座っていた鶴次郎が顔をあげた。

「なんやったん？　美園さん」

「柏屋さんという蠟燭問屋さんの婿取りのこと」

麻は鶴次郎の隣に座った。

「いまどき珍しい結構な縁談やと評判だすな」

「ご存じでした？」

鶴次郎がうなずく。

「商い仲間からいろいろ噂が耳に入ってきますさかい。娘も骨抜きやてな」

「でも女将さんがちょっとご心配なんですって」

「なんで？」

「わかんないけど」

「人の恋路を邪魔する奴は馬に蹴られて死んじまえって都都逸《どどいつ》がありまっせ。親の意見と茄子《なすび》の花は千に一つも仇《あだ》はないということわざもありますけどな。親が娘に意見して、馬に蹴られて死んでしまったら大変や」

鶴次郎は自分でいって自分で笑っている。その横顔を見ながら、麻も思わず噴き出した。

数日して、鶴次郎は「一緒に横浜に行ってくれへんか」と麻に切り出した。

目覚ましく発展している横浜にも、鶴次郎は酒の販路を広げようとしていて、数軒の請酒屋と取引を始めていた。

「請酒屋に花筏を紹介しがてら、料理屋や異人館にも顔を出そう、思うてな。異人さんは異国の酒を、ぎょうさん飲みはるそうや。でも船で持ってこられる酒の量は限られてますがな。下り酒がうまいとわかれば、飲んでくれはるんと違いますやろか」

「異人さんに花筏を勧めるんですか」

驚いて、麻は目をみはった。

「はるばる海を渡ってきなはったんや。うまい酒を飲んでもらおうやないか。そこで花筏、いや花筏に限らずこっちの酒もうまいと評判になれば、千石屋の売り上げも伸びる」

鶴次郎はさらっといったが、当世、異人が災いをもたらすと、毛嫌いしている人がほとんどだ。紅毛碧眼《へきがん》で、わけのわからない言葉を話し、人の土地でときに横柄にふるまう異人を、敵とも鬼ともみなす人もいる。

この八月には、横浜の生麦村《なまむぎむら》近くで薩摩藩《さつまはん》主の父・島津久光《しまづひさみつ》の行列に乱入した騎馬のイギリス人四人に供回りの藩士が斬りつけ、イギリス人一人が死亡、二人が重傷を負うという事件が起きていた。

「鶴次郎さんは異人が怖くないいんですか？」

「会うてみないとわからへん。お麻はどうや？」

「正直、恐ろしい気がします。何も異人にまで酒を売らなくても。江戸で十分、千石屋の商売は回っていますのに」

だが、鶴次郎は譲らない。柔和な鶴次郎だが、こうと決めたら譲らない頑固一徹なところもあった。

「商いのコツは、人より半歩ほど先にいくことや。やってみたいんや。ずっと考えてきたことなんや。お麻、手伝ってくれへんか。頼んます」

亭主に頭を下げられ、麻はしぶしぶうなずいた。

二日後、ふたりは政吉を伴い、霊岸島《れいがんじま》から横浜に向かう五大力船《ごだいりきせん》に乗った。五大力船は荷物と客を運ぶ、長さ六十五尺（約二〇メートル）ほどの中型帆船で、房総《ぼうそう》や横浜に定期便がある。

立ち並ぶ蔵や屋敷、家々が遠ざかるとともに、海は深い群青をたたえはじめた。海も空も広く、初冬の澄んだ風が麻の袂をなぶるように翻《ひるがえ》す。

「ええ天気や。風もそれほどでもなく、揺れも少ない。よかったな。富士《ふじ》のお山もきれいに見えてはる」

鶴次郎が風に流されまいと声をはっていう。

うっすら雪をいただいた富士の山が見えた。なだらかな稜線はすそ野まで冴え冴えと美しい。

麻は富士山に向かって、手をあわせた。無事に横浜に着くように。横浜での商いがうまくいくように。京太郎が元気でいるようにと祈った。

横浜と江戸は歩けば二日がかりだが、五大力船なら、朝出れば昼には横浜に着く。

麻ははじめての横浜に目を見張った。

以前はひなびた村だったというが、その面影はもう残っていなかった。西側に多くの店が並ぶ日本人町、東側に異人用と思われる家々が並んでいて、異人が当たり前のように立ち歩いている。

断髪にひげをもじゃもじゃにはやした男が筒袖の上着に細い筒袴姿で闊歩《かっぽ》し、女は髪を高くまとめ、胸を強調しお尻をふくらませた恥ずかしいような服を着ている。男の腕に女が手をまわし、並んで歩いている者もいた。

そのさまを見た政吉の口がぽかんとあいた。

「政吉、じろじろ見たら失礼やで。おまえ、まさかうらやましがってるんじゃなかろうな。女と手を組んでしっぽり歩きたいとか」

「旦那さま、からかわないでくださいまし。そんなこっぱずかしいこと思うわけがないじゃないですか」

政吉があわてて言い返すと、鶴次郎はいたずらっ子のような笑みをうかべ、麻を見た。

「わてはお麻と腕を組んで歩いてみたいがな」

「もう、ふざけてばっかり」

麻が鶴次郎の背中をポンとたたいた時だった。

「鶴次郎さん、ようこそ横浜へ」

振り向くと、あごのがっしりした三十代半ばの男が立っていた。紋付の羽織を着た請酒屋『村松屋《むらまつや》』の主・八郎太《はちろうた》だった。今回の横浜行きを強く勧めてくれた人物でもある。鶴次郎と八郎太は酒屋の会合で意気投合したという。

　鶴次郎は八郎太に駆け寄った。

「お言葉に甘えて女房のお麻と一緒に参りました。お出迎え、ありがとうございます。来るたびに横浜は町が大きくなりますな」

「昨日と今日では風景が一変する。それが今の横浜でございます。大八車を用意してきましたので、どうぞお使いください」

　八郎太が振り向いて合図すると、小僧が、菰樽を抱えていた政吉のところに大八車を引いていった。

　その日、村松屋をはじめ、請酒屋を二軒、料理屋を三軒、さらに八郎太の友人の通詞《つうじ》の口利きで英国人の家を訪ね、酒の紹介をした。

　靴を脱がないで家に入るのにも驚いたが、異人の背が高く、酒が強いことには、麻はあきれた。だが向こうも麻に目をみはった。

「こんなにすらりと背が高い女性に、日本に来てはじめてお目にかかった。口紅も美しい。酒も強い。こういう女性が日本にもいるんですね。と、驚いていますよ」

通詞を介してではあったが、異人はぺらぺらとよくしゃべった。笑ったり目を見開いたり、手を動かしたり、表情は軽々しいほど大げさである。だが少しもいやな気はせず、麻は「乾杯」を繰り返した。

帰りに、異人が毛むくじゃらな手で麻の手を握り締めたかと思いきや、肩を抱いた時には、さすがの鶴次郎も目が三角になった。「ひ、人の女房にな、なにをし……」とこぶしを握り締め足を踏み出そうとした鶴次郎を、両脇から止めたのは通詞と八郎太だった。

「あれが挨拶やって、ほんまかいな」

港近くの鶴次郎の定宿『緑屋《みどりや》』に向かいながら鶴次郎はまだぶつぶついっている。という鶴次郎自身も、麻に続き、異人にがばっと抱きすくめられ、目が真ん丸になったのだ。

「奇天烈《きてれつ》すぎて、びっくりしました。八郎太さんや通詞さんが目で落ち着け落ち着けと合図したから、口から出かけた悲鳴をなんとか飲み込みましたけど」

「わてだって、悲鳴をあげたかったがな。何が楽しゅうて男同士で抱き合わなければならへんのや。……お麻、すまんかったな。でもおかげでええ仕事ができた。異人さんも、うまいうまいゆうてたな」

「こっちの酒は甘いっていってましたよね。それにしても異人はお酒が強いこと。顔が赤くなっても、ぐいぐい飲んで底なし。びっくりしました」

「お麻さまでなければ、とっくにつぶれてるところです」

政吉がぼそっとつぶやく。

と、鶴次郎の足が止まった。

「お麻、あれを見なはれ」

鶴次郎が指さしたのは「品浦屋」という看板だった。主が弥太郎の縁談を柏屋の多恵に持ち込んだという船宿だ。

大きな二階建ての船宿で、艀《はしけ》には伝馬船だけでなく、猪牙舟や屋根舟、屋形舟などももやってある。二階は休息所となっているのか、人のさんざめきが聞こえた。

「まだ酒は残っているし、せっかくや。この船宿にも寄っていきまひょか」

鶴次郎はそういうなり、店に入っていった。すぐに麻と鶴次郎は座敷に招き入れられた。

主は五十半ばくらいの恰幅《かっぷく》のいい男で、品浦屋宇之吉《うのきち》と名乗った。

「新川の千石屋さんといえば、新酒番船の立会人も務められたと、こちらにも聞こえております。横浜に目をつけられるとは、さすがですな。ここはこれからの町ですよ」

「品浦屋さんこそ、いち早く品川から横浜に移られ、その決断の速さは見習わなければと、横浜ではぜひお訪ねしたいと思っていた次第です」

たまたま看板を見つけて入ったのだが、鶴次郎は立て板に水でいった。何をいっても嫌味がないのが、鶴次郎のいいところでもある。

宇之吉と麻はしばし酒を酌みかわし、船待ちの客のために、花筏を仕入れようという約束を宇之吉から引き出したところで、麻はふと思いついたように弥太郎の話を切り出した。

「瀬戸物町の蠟燭問屋・柏屋さんに婿入りなさる弥太郎さんは、こちらで奉公なさっていたそうですね」

「柏屋さんはお麻の知り合いでして。おめでたいことでございます」

鶴次郎がさりげなく言い添える。宇之吉は相好《そうごう》を崩した。

「来月の祝言には私も駆け付けるつもりです。弥太郎をこれからどうぞよろしくお願いいたします」

「こちらこそ。弥太郎さんはお人柄がいいとか」

「頭のいい、気働きもできる男で家柄もそれなりで。柏屋さんに見合う人物がいればと頼まれておりましたものでしたから、よいご縁ではないかと勧めさせていただいた次第でした」

「ご実家は焼津の網元だとか」

「鰹漁をしていて、幕府より船鑑札《ふねかんさつ》ももらっているそうです。もうひとりの兄さんは武家に養子に入られ、勘定方として出世しているといいますし。沼津の店からの紹介状にも、ほめことばが並んでおりました。しかし、当人は自慢一つをするわけでもなし、実力で認められようという心ばえもなかなかのものでございます」

「若いのに、えらいもんですな。ついひけらかしたりしたくなるのが人間やのに」

宇之吉が鶴次郎にほほ笑み「上方のお出ですか」と聞く。

「はい、実家も大坂で酒問屋を営んでおります」

「ではそちらさまも、働きを見込まれて、婿入りなさった？」

「まあそういうことにしておきましょうか」

鶴次郎が鼻の脇を指でかいた。確かに、麻と恋仲になって婿入りしたというより、そのほうが断然、外聞がいい。

「柏屋さんとの顔合わせには弥太郎さんの網元の兄さんもいらしたそうですな。うちなんか、親が来たのは祝言の時だけやったけど」

「大坂は焼津よりずっと遠いですもの。おふたりとも船に酔うたちなのに、決死の覚悟で樽廻船に乗ってこられたんじゃありませんか。ありがたくて、あのときのことは、忘れられません」

麻は鶴次郎をたしなめるようにいった。

「兄さんが出てきたとは……知らなんだ」

宇之吉は顎をつるりとなでた。

「焼津からわざわざ来なさったなら、ちょっと足を延ばしてこちらまで挨拶しに来てもよさそうなものだが」

そう続けて宇之吉は盃をあけた。

横浜から帰って十日が過ぎた。

その日は朝から冷たいからっ風が吹いていた。通りの砂が巻き上げられ、足袋《たび》が汚れるだけでなく、うっかりすると砂や埃が目の中に飛び込んでくる。

「寒っ。江戸の冬はかないませんわ。骨まで凍りそうや」

襟元を掻《か》き寄せて、戻ってきた鶴次郎は、麻に一枚の読売を渡した。

「大ごとや。柏屋さんとこに泥棒が入ったそうやで」

「なんですって？」

麻は読売に目を走らせた。一昨日、瀬戸物町の柏屋に泥棒が入ったと書いてある。

柏屋には、女主人の多恵、娘の駒、住みこみの手代がふたり、小僧が三人、それに下男、女中の九人がいたが、誰一人として、泥棒が入ってきたのに気づかず、朝になって、仏壇の間の押し入れにしまってあった欅《けやき》材の銭函《ぜにばこ》が消えていたのがわかったという。

「気が付かなくてよかったんと違いますか。盗人と顔を合わせたりしたら、無事ではすまへんやろ。命あってのものだねや。金はまた働いてためればよろし」

家人に盗人を手引きした者はみあたらない。だが盗人は裏の鍵をはずして家に入り、まっすぐに銭函のあるところにいき、そのままかついで持ち去ったようだという。手練《てだ》れの盗人だろうと読売はしめくくっていた。

駒は袂切りにあう。家は泥棒に入られる。柏屋は災難続きだ。

駒も多恵もさぞ、恐ろしい思いをしているだろうと、麻の胸が詰まった。

午後になって、薫寿の小僧が美園の文《ふみ》をもってやってきた。文に目を走らせた麻がうかない顔になった。

「どないかしましたか」

「明日、美園ちゃんがお昼を一緒に食べようっていうの」

「着飾って行ってきたらよろしいがな。あの人となら、おいしいもんが食べられるやろ」

「それが柏屋さんでって」

盗人に入られたうえに、読売にも出る騒ぎとなり、意気消沈している柏屋の多恵と駒を元気づけるための会を開きたいと、美園の文には書いてあった。

「ひとりでは気が重いので、私にも来てほしいって。でも私はお多恵さんのこともお駒さんのこともよく知らないのよ。袂切りにあったとき、お駒さんと二言三言言葉を交わしただけで、向こうは私のことなんか覚えてないだろうし」

「お麻を一度見たら、みんな、忘れたりせえへん」

「背が高いから？　それとも紅が濃いから？」

「きれいやからに決まっとるがな」

鶴次郎はしゃらんといった。鶴次郎は麻の心にかかる暗雲を吹き飛ばす名人でもある。でも今回ばかりは麻の気持ちは変わらなかった。

「……なんていって励ませばいいのかもわからないわ。つきあいもないのに」

「美園さんになにか考えがあるんと違いますか。行ってきなはれ。お麻はそこにいるだけでよろし。美園さんだってそれ以上のことをお麻ができるとは思ってへんやろ。お邪魔やと思うたら、ご馳走だけ食べて、早めに帰ってきたらええやないか」

美園の重たい気持ちもわかるので、とりあえず行くとは答えたものの、それでもやっぱり、当日は朝からため息ばかりが、麻の口から漏れ出た。

麻は瑠璃紺《るりこん》の紬縮緬《ちりめん》に、流線模様が織りだされた洗柿《あらいがき》（柔らかな黄赤）のつづれ帯を合わせた。髪をなでつけ、紅をさした。

と、ふわりと後ろから襟巻がかけられた。振り向くと、鶴次郎がほほ笑んでいる。

「この帯、ええなぁ。似合うとる。去年、あつらえたものやったな」

麻の気が乗らないのを知って、鶴次郎は元気づけに奥にもどってきてくれたのだろう。新しいものに気が付くだけでなく、麻が何をいつ買ったかまで覚えている鶴次郎に、苦笑せざるをえない。

鶴次郎は供をする手代の政吉に、花筏をいれた一升徳利と、甘酒を入れた三合徳利を持たせた。

「お嬢さま、ひとりで全部、飲んだりなさらないように」

「飲み干さなくていいんですからね。お嬢さま、残ったものは、先様においてきてくださいよ」

例によって佐兵衛と菊は、くどくどうるさい。

柏屋に着き、帰りは駕籠《かご》を使うので迎えはいらないというと、政吉は「飲み過ぎにはどうぞお気をつけて」と頭をさげた。政吉にそういわせているのは、佐兵衛と菊に違いないと、麻は心の中で舌打ちした。

「あのとき、声をかけてくれた方ですよね。その節はお世話になりありがとうございました」

駒は案の定、麻のことを覚えていた。多恵が麻を見上げる。

「千石屋の御新造さまだったんですね。背の高い女の人が助けてくださったって、娘から聞いておりました。どこのどなたか、今の今までわからず、お礼もせずじまいで、大変失礼いたしました」

「何をしたわけでもないんです。たまたま行き合わせただけで」

やがて、このたびの泥棒の話になった。

「怪我人がなかったのは不幸中の幸いでした。世間では、銭函にぎっしり金が入っていたらしいなどと噂をしているみたいですけど、入れていたのは釣銭用の小銭だけでしたものですから、銭函が惜しいくらいなんです。ただ、自分たちが寝ていたときに、盗人が入り込んだと思うともう気持ちが悪くて……。本日、神主さんを呼んでお祓《はら》いをしていただき、鍵もすべて新しくいたしました」

そういった多恵の顔色は冴えなかった。

美園がそれぞれの膳の上に並べたのは、二段の小さめのお重である。

蓋を開けると、一段目には鯛《たい》の西京焼き、厚揚げと里芋《さといも》の煮物、黒豆の含め煮、鱈《たら》の味噌胡麻《ごま》焼きが、二段目のお重には、しめじと小松菜のお浸し、出汁巻き卵、茶飯と香の物がきれいに並んでいた。

麻が持参した酒をいれた徳利を女中が持ってくるや、麻は多恵と美園の猪口についでまわった。駒の前には甘酒を入れた湯呑だ。

ひと口酒を含んだ美園の頰《ほお》がほころぶ。美園は猪口を持ったまま、多恵を見た。

「祝言、もうすぐでしょ。どうなさるの？」

「日延べしようと思っているんです。こんなことで世間をにぎわせてしまいましたのでねぇ」

多恵がそういったとき、女中が「弥太郎さんがおみえになりました」と告げた。

駒は目を輝かせて立ち上がり、すぐに弥太郎を伴って戻ってきた。

「お客さまとは知らずにお邪魔してしまいました。私はご挨拶だけで失礼させていただきます」

弥太郎は駒に耳打ちされて、はっとしたように麻を見て、袂切りの時に世話になったと丁寧に頭を下げた。上背のせいで、一度会った人は、麻のことを忘れない。

駒の顔には母親の友人とご飯を食べるより、弥太郎といたいと書いてある。

「実はもうひとつお重を用意しておりましたのよ。弥太郎さんもご一緒くださいません？　薫寿の板前特製のお重ですの」

美園がいたずらっぽい顔で弥太郎を見る。美園は弥太郎が加わるかもしれないと予想していたのか、さすが薫寿の女将だと、麻は舌をまいた。

それでも弥太郎は遠慮すると固辞した。女ばかりの中に、若い男がひとり。品定めされるのが見え見えで、弥太郎が逃げたいと思うのも無理はない。

だが駒が弥太郎をしきりに引き留め、急遽《きゅうきょ》膳がもうひとつ駒の隣に追加された。

麻が酌をすると、弥太郎は恐縮しつつも気持ちよく飲み干した。

「これはおいしいお酒ですね」

「ありがとうございます」

駒はうっすら頬を染めながら、弥太郎を見つめている。好きあっている若いふたりの姿が初々《ういうい》しい。袂切りも、盗人のことも、弥太郎がいてくれれば駒は大丈夫という気がして、麻はそっと胸をなでおろした。

料理に舌鼓を打ちながら、和やかに会は進んでいった。

「先日、横浜でたまたま品浦屋さんに立ち寄ったんですよ。ご主人の宇之吉さん、弥太郎さんの働きぶりをとてもほめていらっしゃいました。焼津からお兄さんがいらしたようだとお伝えすると、それなら寄ってほしかったと残念がっておられましたけど」

そういった麻に、弥太郎はさわやかにほほ笑む。

「長く家をあけることができず、兄は急ぎ戻ったものですから。半月後の祝言の時には宇之吉さんにご挨拶させていただくつもりです」

「弥太郎さん、祝言は日延べしたいと申し上げておりますよね」

多恵がいらだったように口をはさんだ。弥太郎は箸をおき、やんわりという。

「おっかさま、こんなことがあったからこそ、祝言は決めた通り行いませんか。そうすれば町の人にも、柏屋の商いは大丈夫だと思ってもらえます。そのほうが柏屋のためになるのではありませんか」

「でも世の中を騒がせておいて、のうのうと式をあげるというのも……美園さん、お麻さん、どう思われます？」

麻と美園は顔を見合わせた。

「そこは婿入りの先達、お麻ちゃんに聞いたほうがいいかも」

美園が麻に話を振った。このために美園は自分を誘ったのだと麻は思った。だったらはじめからそういってくれればいいのにと、麻は美園をうらめしそうに見る。

一呼吸おいて、麻は口を開いた。

「お多恵さんの気持ちもわかります。でも婿を迎える祝言は、お得意さまや御贔屓《ごひいき》に、次の主を披露する場でもあって、商家にとって大事なのはむしろそっちですよね。ですから、手はず通りに行ったところで何かいわれることはないと思いますが」

「そうかしらねぇ」

「それに悪いことをしたのは盗人で、柏屋さんではありませんもの」

多恵はうなずかなかった。これ以上、他人がいえることはない。

麻は、するりと話を変えた。

「弥太郎さんは、今、どちらにお住まいなんですか？」

「次兄が掛川藩太田《おおた》さまの勘定方をしておりますので、その縁で、下屋敷に住まわせていただいております。今は屋敷の草取りなど手伝っている次第で。早く祝言をあげ、こちらの仕事を覚えたくてうずうずしております」

言葉の端々に駒と一緒になるのが待ち切れないという気持ちがにじんでいる。

駒は嬉しそうにほほ笑んでいるが、それが祝言を日延べしたいという多恵の思いを逆なでしていることに、弥太郎は気づいていないのだろうか。

多恵が弥太郎に不満を抱く気持ちもわからないではないと、硬い表情をしている多恵の横顔を見ながら、麻は思った。

「太田さまの下屋敷は千駄木《せんだぎ》でしたよね」

麻はふと口にした。美園が目をみはる。

「お麻ちゃんち、お付き合いがあるの？」

「ええまあ。うちの酒をお納めしているの。上屋敷がもっぱらだけど、ごくたまに下屋敷のほうにもお届けすることがあって。美園ちゃんの店にだって、大名家のお留守居役やお偉方がいらっしゃるんじゃない？」

「ええ。でもそれをいうならお多恵さんのところだって、蠟燭を大名家に卸してるでしょ」

「うちのお相手は上屋敷だけですけどね」

多恵がさらりといった。下屋敷の敷地は広いが、人が少なく、留守番のものしかいないところも多い。蠟燭などは上屋敷で求めたものを下屋敷に分ければすむ。

「下屋敷のご用人《ようにん》は確か、北村《きたむら》さまでしたかしら」

思い出したように麻がつぶやくと、弥太郎がふっと笑ってうなずいた。

しばらくして麻は徳利が空《から》になったといって、席をたった。

「あら、そんなことは女中が」

「私、熱燗《あつかん》をつけるのが誰よりうまいんですの。今日は柏屋さんを元気づける会ですから、お客はそちらさま。私の熱燗をぜひ味わっていただきたいの。すぐに戻ってまいりますわ」

麻は勝手に行くや、下男を呼んで耳打ちした。

熱燗を入れた徳利を持って戻った麻は、まとめて三本ほど駒と弥太郎の間においた。

「お駒さんのお酌で飲むお酒は上々吉でしょ。弥太郎さん、今日はゆっくり飲んでくださいな」

駒がはじらうようにほほ笑み、弥太郎も照れくさそうに頭をかく。

やがてお開きの時刻が近づいてきた。

そのとき思わぬ人が顔をだした。鶴次郎である。近くまで来たので、迎えに寄ったという。

多恵に挨拶をし、駒のことをかわいらしいとほめ、弥太郎にも「婿同士仲良くしてくださいよ」などと調子よくいう鶴次郎の出現で、いっそう場は沸き、散会となった。

「お麻、どうかしたんか。浮かぬ顔をして」

鶴次郎と並んで帰り道を歩きながら、麻は小さくため息をもらした。

「ちょっと気になったことがあって」

麻の話が進むにつれ、鶴次郎はむむむと唸《うな》りだした。


麻と鶴次郎はろくに眠らずに、朝を迎えた。

朝餉《あさげ》の最中に、飛び込んできたのは岡っ引きの竹市だった。

「おかげさまで一味を捕めえやした。お麻さんのおかげです」

寝不足の顔に、ぼさぼさに乱れた髪で竹市はいった。

熱燗をつけに勝手にいったとき、麻は柏屋の下男の加助《かすけ》を呼び、内密で竹市への文を言づけたのだった。

『もし、太田さまの下屋敷ではないところに弥太郎が帰ったとしたら、柏屋に入った盗人は、弥太郎かもしれない。申し訳ないが、跡をつけてもらえないか』と。

はたして弥太郎が柏屋を辞して向かったのは、根津《ねづ》の裏長屋だった。そこにはもう一人の男が潜んでいた。

竹市はいったん引き上げ、同心に話を通し、加勢を集め、再び長屋に向かい、男ふたりをとらえたという。

「荷物をまとめて雲隠れしようとしていたところでやした。あと少し遅かったら、逃げられていたかもしれねえ」

部屋には柏屋の銭函が残っていて、それが動かぬ証拠となった。

「それにしてもお麻さん、なんであの男が怪しいと思ったんです？」

麻がおかしいと思ったのは、掛川藩の下屋敷の話がでてきたところからだった。

千駄木と麻が口にしたとき、一瞬、弥太郎の目に暗い影がさしたような気がしたのだ。

千石屋が下屋敷とつきあいがあるというと、弥太郎の頬がほんのわずかひきつった。

用人の名前を麻が口にした瞬間、弥太郎の目が泳いだ。

決め手は、その用人の名だった。麻は北村と言ったが、本当の用人の名は西村《にしむら》であった。

いえ、西村さんですよ。

弥太郎がすぐにそう言い直すと思って、鎌をかけたのは、ほんの出来心からだった。

下屋敷を守っている侍は数人しかいない。しっかりしていると評判の弥太郎が、居候として世話になっている人の名を、聞き間違えることなどありうるだろうか。

安穏と構えていた気持ちが消し飛んで、麻の気がせき始めた。

この男は騙《かた》りかもしれない。麻の胸はばたつき、心の臓が口から飛び出しそうだった。それを何とかなだめすかし、何気ない顔を作った。

ウドの大木という言葉があるように、体の大きい者は細かなところに気が付かないと思われがちだが、麻は昔から人の表情の変化には敏感だった。

誰もが麻と飲む酒はうまいというのは、人の表情を見るともなしに見て、相手にいやな思いをさせないようにしているからかもしれない。

だが麻は、そのとき、その力が恨めしい気がした。

駒が好きになった人。宇之吉が働き者と太鼓判を捺した男。

もし弥太郎が悪党だとしたら、駒はどれだけ傷つくだろう。多恵も柏屋も面目を失いかねない。

穏やかな日常が崩れたとき、いちばん悪いのはそれを壊した者と決まっているが、悪事を明るみに出した者も恨まれてしまうことがある。といって、放っておくことはできず、麻は竹市につなぎをつけたのだった。

「柏屋さんはどうなさっていますか？」

「女将さんと娘に、やつらを引っ張ってきた番屋に来てもらったんだが、その愁嘆場《しゅうたんば》といったら……」

竹市の額のほくろがひくっと動き、眉尻が下がった。

駒は身も世もなく泣き崩れた。縄をかけられた弥太郎は、苦虫を嚙《か》みつぶしたような表情のまま、駒を一顧《いっこ》だにしなかったという。

弥太郎と一緒にいたのは、焼津の網元の兄というふれこみだった男だった。

「悪いやつが捕まってよかったなぁ。お麻、お手柄でっせ。竹市さんもご苦労さんでした。夜通し働いてお疲れでっしゃろ。竹市さんたちが町を守ってくれてるから、わてらも安心して暮らしていけます。これは気持ちだけですが。お好きでしたな。お持ちくださいまし」

鶴次郎が三合徳利と小粒を手渡すと、竹市は頭を下げて機嫌よく帰って行った。

「元気出しなはれ。お麻の気にしいがはじまったんと違いますか。お麻はできることをやったんや。いずれわかってもらえます」

鶴次郎は麻のお尻をぽんぽんとたたくと店に向かった。

やがて様々なことが明らかになった。

弥太郎の素性はまったくのでたらめだった。二十七という触れ込みだったが、実の年齢は三十一。本名は弥吉《やきち》だという。

品浦屋の前に沼津で働いていたというのも真っ赤な嘘で、八王子《はちおうじ》、小田原《おだわら》、三島《みしま》などを転々としていたという。

男前な顔立ちと、品浦屋の主を丸め込めるほどの人たらしの才で弥吉は、それぞれの土地の大店の娘をたぶらかしてきた。掛け売りの代金が集まる日を聞き出し、相棒と盗みに入り、そのまま姿を消す。

わかっただけでも五件の事件を起こしていた。

品浦屋に差し出した沼津の商家からの紹介状はもちろん自作であった。

駒の袂を切ったのは相棒の男で、盛り場で流行っている袂切りに乗じたのだという。

そんな事件をわざわざ引き起こしたのは、駒が自分にぞっこんなのに、多恵はあまり気乗りがしていないことに焦りを覚え、やっぱり頼りになる男だと思わせようとしたためだった。

けれど、多恵の気持ちは変わらなかった。

このままでは婿入りの話も延期になるかもしれないと追い詰められた弥吉たちは、みながら寝入ったところを狙い、忍び込み、銭函を奪った。銭函のありかはもとより、どこにどんな鍵がかけられているのか、すべて調べあげていた。たいていの鍵ならするりと開ける腕も持ち合わせていた。

銭函にたんまり入っていればそのまま姿を消す手はずだったが、あいにく期待したほどの中身ではなかった。

柏屋は、品浦屋に一年もの年月をかけて雌伏《しふく》し、やっと見つけた獲物である。おいそれと、あきらめることはできない。

掛け取りの日を聞き出しさえすれば、売り上げをがっさり奪える。その日までは我慢だと柏屋を狙い続けた。

けれど、麻が掛川藩の下屋敷と取引があるといったせいで、突然、尻に火がついた。いつ嘘がばれるかわからない。こんな危ない橋は渡れないと逃げる決心をしたという。

竹市から話を聞かされた麻は震えが止まらなかった。あのとき、ためらわずに動いてよかったと心底思った。

数日して、多恵と美園が千石屋にやってきた。

「このたびは大変お世話になり、本当にありがとうございました」

多恵は面《おも》やつれした顔で、気丈にいう。

「お駒さんはどうしていらっしゃいますか」

「すっかり力を落としておりまして。元気になるまでは時間がかかるかもしれません」

「添い遂げようと信じた人が自分をだましていたなんてねぇ。あんまりよ。かわいそうに」

美園が目をおとしてしみじみといった。麻はうなずき、静かに切り出す。

「お多恵さん、この話になんとなく気が乗らないっておっしゃっていたと聞きましたけど、何か感じられたことがおありでしたの」

多恵は目を伏せて、言葉を探すようにぽつりぽつりと語りはじめた。

「あの人、いずれ自分の店になるのだからと、はじめから店の内情を聞きたがっていたんですよ。当初は商売熱心な婿が見つかってよかったと思ったのだけれど、あんまりしつこい気がして」

多恵はしゅんと洟《はな》をすすった。

そこに入ってきたのは鶴次郎だった。盆に徳利と猪口を載せている。

「そんな気はなかったんですが、ちょこっと話を聞いてしまいました。一杯、いかがですか。いずれにしても、男は捕まったわけですし、盗《と》られた銭函も戻ってきて。めでたしめでたしやないですか」

「でも婿として迎えようとしていた男が盗人なんて、世間に何をいわれるか……お駒がかわいそうで……」

鶴次郎は小首をかしげた。

「お多恵さん、世間って誰だすか。世間なんて気にすることありまへんで。何をしても、悪ういう人はどこにでもおります。けど、そんなんは関係あらへん。そういう輩とはつきあわなければええ。そうやないか、お麻」

「ええ。お駒さんはなんにも悪いことをしていませんもの」

「何か言う人があっても気にせんでよろし。人の噂も七十五日いうてますけど、今はせわしいから、そんなに長く人のことに関わっちゃおられへん。お駒さんとお多恵さんがにこにこして過ごしておれば、なんだ、大したことなかったんだなと、すぐ忘れてくれはります」

多恵が顔をあげた。

「お駒、元気を取り戻すでしょうか。また人を好きになってくれるでしょうか」

鶴次郎がしっかりとうなずいた。

「男は星の数ほどおます。この世は男が半分、女が半分ですさかい。それに江戸は男がいっぱいあまっていて、若くてきれいな娘は引く手あまた。ごっつうええ男が、お駒さんと出会う日をきっと待っておます」

「ええ。これからよ。まだ十七ですもの」

そういった麻を、多恵は見返し、低い声でいった。

「お駒は、私を許してくれるでしょうか。当人の言ったことを信じた品浦屋さんの話を私も鵜呑《うの》みにして、あの男を勧めてしまったんですから」

「良かれと思ってしたことよ。それに許すも何も、他人じゃあるまいし」

何をいっているのとばかり、美園が首を横に振った。だが多恵は顔をゆがめ、畳に手をついた。

「他人ですもの。お駒にもいわれてしまいました。おっかさんには私の気持ちはわからない。実の母親じゃないんだからって」

麻は天井を見上げた。正直言えば、麻は人を慰めたり、言い聞かせたりするのは得意ではない。が、これだけは言わなくてはいけない。口にしなかったら後悔すると思った。

一呼吸おき、麻は多恵に向き直った。

「あの男がしっぽを出したのは、お多恵さんがちょっとおかしいって気づいたからですよ。お多恵さんが不安を感じて、祝言に乗り気じゃなくなったから、向こうが焦ってほころびを出してしまったんですよ。お多恵さんの、母親の勘が、悪事を未然に防いだんです」

「母親の勘?」

多恵が口に手をあてた。麻は自分を励まして言葉を続ける。

「あの男に疑いの目を向けたなんて、なかなかできることじゃありませんよ。これまでしでかした五件の事件では、盗みが発覚するまで、誰もおかしいと思わなかったんですから。でもお多恵さんはその前に気づいた。それはお多恵さんがお駒さんに、心底、幸せになってほしいと願っていたからじゃないですか。母親の勘が働いたのはそれだから。そのお多恵さんを母親とよばなくて、誰を母親とよべばいいんですか」

「そうよ。お多恵さんはお駒さんの母親としてどんと構えていればいいの。母親がしっかりしていれば、お駒さんもきっと元気になるから」

美園も身を乗り出して言った。

「私、そんなに強くないわ」

「お多恵さんはくじけない人よ。お駒さんはそのお多恵さんに育てられた娘。ふたりとも負けん気が強いから大丈夫」

「どうしてそんなことがいえるのよ」

多恵が美園を軽くにらむ。美園はにやりと笑った。

「わかるわよ。お多恵さんは、裁縫の鬼師匠にも泣かずにくらいついていった人じゃない。ものさしで手をたたかれようが、やり直しを命じられようが平気の平左だったじゃない。あの意気を思い出せばなんでも乗り越えられるわよ」

その瞬間、多恵の目がからりと乾いた。すっと背が伸びる。

「あの……覚え違いしているみたいなのでいわせてもらいますが、私は、お師匠さんに手をものさしで叩かれたことなど、一度だってございません。やり直しを命じられたことも数えるほどしかございません。それは、美園さんご自身の話じゃありません？」

「あら……そうだったかしら」

美園が、鼻白《はなじろ》んだように目を天井に向けた。

それを機に、鶴次郎はひとりひとりに酒を満たした猪口を手渡した。

なんとなくしんとしてしまった場をやぶったのは麻だった。

「おふたりとも大したものよ。あのお師匠さんのもと、修業したなんて、いずれにしても意気地がなければばつとまりません。人生、無駄なことがないって本当ね」

そういって、麻はくい〜っと酒を飲んだ。鶴次郎があわてて声をかける。

「お麻、まだ乾杯してへんがな」

麻はしまったと、口に手をあてる。美園と多恵が噴き出した。

「やりそこねたら、やり直せばええ。そしてお麻の言う通り、何事も無駄はないっちゅうことや。お多恵さんの母親の勘に乾杯やな」

鶴次郎は空になった麻の猪口にまたなみなみと酒を注いだ。

よく晴れた初冬の一日だった。

第二章　猫まきびし

「帰ったで」

得意先から戻ってきた鶴次郎は、麻の出迎えも待たずにばたばたと茶の間にあがってきた。おっとりしている鶴次郎にしては珍しい。そのあとを政吉が足早に追いかけてくる。

あと三日もすれば十一月。北風が肌を突き刺すような寒い日だった。

茶の間の長火鉢の前であぐらをくんだ鶴次郎は、こらえきれずにうぐうぐと笑みを漏らした。鶴次郎の懐《ふところ》が膨らんで、もぞもぞ動いている。

「お麻、これ、なにかわかるか？」

座布団をさしだした麻の顔を、鶴次郎は少年のような目をして覗《のぞ》き込み、懐を指さす。

もしかしたらと麻の胸が弾んだ。

鶴次郎が懐からとりだしたのは掌《てのひら》にのるほどの子猫だった。政吉の懐からも一匹出てきた。

やっぱりと麻の顔が崩れた。

「まあかわいい。この子たち、どうなさったんです?」

一匹は全身こげ茶色、もう一匹は茶トラだ。

「鎧《よろい》の渡しの近くで、政吉がなんや鳴き声が聞こえるいうて探してみると……植え込みの陰でこの子らが震えていたんや」

傍らの木の枝に止まった烏《からす》が子猫を見下ろして鳴いていた。母猫を探したが見つからず、このままでは烏の餌食《えじき》になってしまいかねないと、懐に入れて連れて帰ってきたという。

「おなかがすいとるんかな、逃げもせんかった。弱っとらんとええけど」

二匹は母猫を呼んでいるのか、か細い声でしきりににゃーにゃーと鳴いている。

お茶を淹れた湯呑を持ってきた菊は座敷をのぞくなり、眉間《みけん》に深い縦皺をよせた。菊は「口があるものは人だけでいい」というのが口癖である。

「それ、猫ですよね」

「なんか食べるもん、あるかいな」

「拾ってらしたんですか。二匹も。お飼いになるんじゃないでしょうね。一度餌をやったら、猫は家にいつくっていいますよ」

「でも外に放り出したら、この寒さや。死んでしまいまっせ」

「ですから、家で飼うお覚悟をお持ちですかとお聞きしているんです」

麻が生まれる前からこの家にいる菊は、婿の鶴次郎にも臆せず意見する。

「覚悟ってそんな大げさなことといいないな」

「当家は酒問屋です。食べ物を扱っている店で生き物を飼うのは……」

「魚屋や干物屋ならともかく、酒問屋やから、商売もんをとって食われる心配はないんとちがいますか。大坂の実家でも犬猫を飼ってましたで。悪さなどせんかったがな。蔵をねぐらにしている鼠とりをする猫もおったくらいで」

鶴次郎の実家も、千石屋と同じ酒問屋である。菊は鼻白んだように口をへの字にした。

「ところ変われば品変わるのでございましょう。ですが先代のときから犬猫の類《たぐい》は千石屋にいたためしがございません」

「でも、別にそれが家訓というわけでもないし。旦那さまがせっかく拾ってきたんですもの。……おなかがすいているみたいよ。ご飯をあげないと。飼いきれなかったら、猫好きの人にお譲りしてもいいし。ね」

麻が自分の出番だとばかり口を出すと、菊がきっとにらんだ。

「お嬢さま、顔がにやけておりますよ」

麻が生き物好きであることを、菊はよく知っている。

小さいころから麻は子猫や子犬をよく拾ってくる子だった。

だが母・八千代は犬猫を嫌っていた。実家が呉服問屋で、売り物の反物に毛がつく犬猫はご法度だったせいもあっただろう。

子猫と子犬は拾ってきたところに置いてくるか、誰か飼ってくれる人を見つけるようにときつく言い渡され、町中を歩き回って引き受け手を探したこともある。

けれど、両親はすでに隠居して別に暮らしている。そのうえ、拾ってきたのは自分ではなく、亭主の鶴次郎だ。

麻はうれしくて飛び上がりたいような心境だった。

子猫は二匹ともオスで、こげ茶色はこげ太《た》、茶トラは茶々《ちゃちゃ》と鶴次郎が命名した。そのままである。

当初は骨が浮いているほどやせていたが、魚をほぐしたものや、かつおぶしをかけたご飯をがつがつと食べ、日ごとに丸くなった。

「遊んでるか？　寝てるか？」

鶴次郎はしょっちゅう、店から子猫を見に戻ってくる。

寝て起きて、食べて遊んで……猫の日常はその繰り返しだ。

茶の間の障子はあっという間にぼろぼろになった。菊がはたきをふると、跳びはね、じゃれつく。ほうきにも、雑巾《ぞうきん》にもまとわりつく。動くものすべてが遊び道具だ。

「お嬢さま、この子たちを何とかしてください。これじゃ、掃除がおわりゃしません。泥足で上がってくるので、日に何度も何度も拭き掃除をしなければならないし。障子もつぎはぎだらけ。天下の千石屋の奥がこれではもう……」

「猫やから、いちいち草履をはくわけにいきしません。障子は紙やさかい、ちょっと爪があたっただけでも破れてまう。びりびり音がしたらそりゃ、おもろい。……お菊さんの働きなくして、この家はなりたちません。よろしゅうたのんます」

鶴次郎に頭をさげられては、菊も黙るしかなかった。

その日、麻は小網町の『すみれ』に出かけた。

すみれは老舗《しにせ》の小間物屋である。間口は二間半（約四・五メートル）と大きくはないが、櫛《くし》や笄《こうがい》、簪《かんざし》などの髪飾りや白粉、紅、椿油などの化粧品、めがねや袋物、煙草入れや長財布といった日用品から、流行の柄や形の袋物、あったら便利な小物など気の利いたものまで細々と揃えている。店商いだけでなく、お得意先を回り歩く背負い小間物屋も品物を仕入れにやってくる人気店だった。

「あら、お麻さん、いらっしゃいませ。今日は何を」

麻が暖簾をくぐると、若女将《おかみ》の咲《さき》が帳場から出てきた。若さが匂い立つようなかわいらしさで、とても子どもがいるようにはみえないが、奥から赤ん坊をあやす子守りの声が聞こえる。

二年前に咲が嫁いできてから、すみれで化粧道具を求める若い女客が一層、増えたといわれる。咲と同じもので手入れをすれば、自分もきれいになれるかもしれないという女心であろう。

「お千寿《ちず》さん、いらっしゃいますか」

「おりますよ。お麻さんがいらしたといったら喜びますわ。ちょっとお待ちくださいね」

咲はにこっとほほ笑み、自ら庭の先にある隠居所に早足で向かい、千寿をともなって戻ってきた。

千寿は真っ白の髪をきれいに結い上げ、顔には白粉をはたき、口元にはほんのり紅をさしている。還暦をすぎているが、ふっくらした体をこげ茶地に吹き寄せ模様の小紋に包み、淡い栗色の松葉を織り込んだ帯をゆったりとしめた姿は、どこから見てもすみれの大女将といった風格だ。風に吹かれて舞う紅葉《もみじ》や松葉の吹き寄せ模様は、この季節ならではの柄だった。

「きれいに紅をつけられて。いつお会いしてもお麻さん、華やかで嬉しいこと」

麻を見て、千寿はほほ笑んだ。

この千寿こそが、十五歳だった麻に紅と白粉を勧めてくれた人物だった。以来、紅はもちろん、小間物はすみれと、麻は決めている。

千寿が隠居してからも、店に行けば千寿と会わずにはいられない。千寿もいそいそと隠居所から出てきてくれる。

「今日は猫の首輪をいただきたくて。鈴つきのものを」

「まあ、猫を飼われたんですか？」

「亭主が二匹も拾ってきまして」

「二匹いち時に？　お優しいご亭主ですこと。何色がよろしいですか」

猫用首輪はすべて千寿の手作りだ。取り出した箱には色や素材の異なる首輪が並んでいた。もうひとつの箱には色とりどりの鈴がはいっていた。

麻はこげ太には緑、茶々には赤の首輪を求めた。どちらも柔らかな縮緬で出来ている。麻が選んだ銀色の小さな鈴を首輪に通しながら、千寿は上がり框《かまち》に座った麻に話しかける。

「結び目は緩めにしてくださいませね。猫は屋根に飛び上がることもありますし、高い木の枝から飛び降りたりもします。そんなとき、首輪がひっかかると命にかかわりますから。すぐに首が抜けるくらいにしておけば安心です」

二匹の名前を聞き出すと、千寿は細い白布に「新川・千石屋・茶々」、「新川・千石屋・こげ太」と書き、首輪の裏側に手際よく縫い付けた。

「こうしておけば、万が一のとき首輪が迷子札がわりになってくれます」

かゆいところに手が届くような品ぞろえとこうした気の使い方で、千寿は長年、すみれを守《も》り立ててきたのだ。

だが、千寿の半生は順風満帆だったとはいえない。亭主は息子・安助《やすすけ》が三つのときに心の臓の病で急死した。女手一つで育てた安助は幼馴染《なじみ》のひろと一緒になり、長男・森《しん》之助《のすけ》と長女・香枝《かえ》に恵まれた。

だが、三年前の冬、息子夫婦は相次いで亡くなった。ころりが夏の間中、江戸で猛威をふるった年だった。

そのときのことは麻も忘れることができない。

町中に昼夜もなく念仏を唱える声が響き、線香の匂いが立ち込めていた。ころりは人から人へと移る病であるため、発病したものは隔離病舎に運ばれ、家に戻るときは動かぬ体となる。土葬《どそう》にする土地も、穴掘《あなほ》り人足《にんそく》も不足し、火葬《かそう》される遺体が増えたのもこの時だった。だが死者の数は増え続け、遺体を燃やす薪《まき》も足りなくなり、通りには焼き場に向かう棺桶が行列し、焼き場の前には棺桶が数限りなく積み上げられた。

あのとき、鶴次郎は麻と京太郎に家から出るなと厳命し、外に出る者と家に閉じこもる者が交わらないように住まいを二区画にわけた。その区分けを取り外し、再び麻が鶴次郎とともに食事をとることができたのは、秋も深まってからだった。

病と死の恐怖はもとより、友人や奉公人、誰より鶴次郎と満足に話をすることもできなかった日々は、麻にとっても心底つらいものだった。だが自分ばかりではない。口から生まれてきたような江戸っ子たちが病を避けるために、みな、人とのかかわりを極力減らして、乗り越えたのだ。

亡くなった知り合いや得意先も多かった。閉じた店もあり、一時期、町は歯抜けのようにもなった。流行が終わっても、心に傷を負い、復帰まで時間がかかった人々も少なくない。

小間物屋すみれの一家は幸い、全員無事に夏を乗り越えた。

だが、働き盛りだった息子夫婦、安助とひろはその後、相次いで帰らぬ人になった。やれやれと町が平常と活気をとりもどしかけたその時期に、安助がころりにかかり、ついで、ひろがかかり、隔離病舎に連れていかれ、それっきりだった。

運命の残酷さに麻が呆然《ぼうぜん》としたくらいだから、千寿の嘆きはいかほどだっただろう。

だが、残された孫ふたりを一人前にしなくてはという一心で、千寿は息子夫婦にかわり、再び店を切り盛りした。孫息子の森之助に嫁をとり、孫娘の香枝は嫁に出した。

今では森之助夫婦が店を営み、外ひ孫と内ひ孫それぞれひとりずつに恵まれている。

千寿にとってはやっと訪れた平穏な日々だった。

「若い猫だったら、おもちゃもあったほうがいいですね。『けりぐるみ』や『猫まきびし』で夢中になって遊ぶ猫もいますよ。作り方をお教えしましょうか」

けりぐるみは、猫が前足でギュッと抱えて、噛んだり後ろ足で蹴ったりして遊ぶおもちゃだと千寿は続けた。猫まきびしは猫が手でちょいちょい転がしたり、口にくわえて運んだり、投げると走って追いかけたりするお手玉のようなものだという。

「作るんですか？　私が？」

「まっすぐ縫えさえすれば、作れますよ」

麻のお針の腕を知っている千寿は含み笑いをこらえながらいった。

まっすぐ縫えさえすればという言葉を信じ、麻は翌日、針と糸、木綿《もめん》の端切れ、中につめる綿など一式を携え、すみれを訪ねた。

千寿は魚の形の型紙を用意していてくれた。店の奥の板の間に座り、千寿の指示に従い、麻は型紙にそって布を二枚切った。それから返し口を残し、ぐるっと縫う。返し口から表に返し、形を整える。

「しっぽの先の角は目打ちで整えて。そうそう。それから少しずつ綿を入れますよ。角にはこの削った割りばしの先で押し込んで。先端まできれいに綿を入れてください」

千寿が手を動かすたびに、左手首にはめた水晶の数珠《じゅず》が光を放つ。

「さ、あとは返し口を縫って閉じるだけ。上出来ですよ」

なんとか茶々とこげ太用のふたつの魚の形をしたけりぐるみが完成して、麻は大満足だった。やればできるのだと、自分をほめたい気分である。

「猫まきびしも作りたかったら、いつでもいいからおいでなさいな」

「ぜひ。近々またうかがいます」

いい気分ですみれをあとにしようとしたとき、ひとりの男が店に入ってきた。高く積み上げた箱を包んだ風呂敷を背負っている。背負い小間物屋だった。

「大女将さん、こんにちは」

頭にかぶった手拭《てぬぐ》いを取りながら男がいった。色の浅黒い、精悍《せいかん》な顔立ちの四十がらみの男だ。千寿の顔が明るくなった。

「滝二《たきじ》さん、今日は？　三日前にも見えたばかりなのに」

咲がいうと滝二は頭をかいた。

「近くまで伺いましたのでまた仕入れに伺いました。こちらの椿油、評判がよくて、売り切れちまって」

滝二は、懐から一枚の紙をとりだし、咲に渡した。椿油五本、へちま水三本、白粉三個、長財布茶色二個と、注文の品が几帳面《きちょうめん》な字で書いてある。

「すぐにご用意いたします。どうぞここに掛けてお待ちください」

咲は淡々といって、上がり框に座布団を出したが、千寿は滝二を手招きした。

「滝二さん、せっかくですもの、隠居所でお待ちなさいな。おいしいお饅頭があるわよ。滝二さん、甘党でしょ」

「しまった。大女将さんにもってきた手土産《みやげ》も饅頭で」

「義理堅《ぎりがた》いんだから。気を遣わなくていいって言ってるのに。だったら、両方、一緒に食べましょうよ」

麻も含め、たいていの客は店の奥で済ませているのに、千寿が滝二を隠居所に寄せるのはよほど親しいからだろう。滝二が笑うと、目じりにやさし気な皺がよった。

「それじゃ、お言葉に甘えて」

「じゃ、お麻さん、またね」

滝二は咲と麻にお辞儀をすると、千寿と親し気に話しながら奥に入っていった。

帰宅してけりぐるみを取り出すと、茶々はいたく気に入ったようで、夢中になって遊びはじめた。口にくわえ、ぶん投げたかと思うと、ぴょんと弓なりに飛び上がり、けりぐるみめがけて着地し、足でぐいぐいけりまくる。羽交い締めにする。

「お嬢さま、『ネコ』『ヘコ』『トコ』という言葉を知ってますか？」

買い物から戻ってきた菊が勝手口から入ってきて、遊んでいる茶々を見て目を細めた。

「猫はネコでしょ。でもヘコ？　トコ？　何それ」

「鼠を捕るのが得意な猫はネコ、蛇を捕るのが得意な猫はヘコ、鳥を捕るのが得意な猫はトコと呼ぶんだそうで。春生まれの猫は鼠捕りが上手なネコ、夏生まれの猫は蛇捕りのヘコ、秋生まれの猫は鳥捕りのトコだという節もあるんです」

猫好きの荒物屋の女中から聞いたと、菊はいう。

「この子たち、秋生まれよね。ってことはトコ？」

「ですからときどき庭で雀《すずめ》を狙ってますよ。けりぐるみに鳥の羽根をつけてやれば、こげ太も遊ぶんじゃないですか」

茶々とは違い、いっこうにけりぐるみに見向きもしなかったこげ太のことを、菊が気にしていたとわかり、麻は驚いた。

菊は手回しよく、今さっき、卵屋に親鳥の抜けた羽根を持ってくるように頼んだと得意げにいう。当初は母・八千代の代理人のごとく、猫を飼うことに渋い顔をしていた菊だが、ぶつぶつ文句をいいつつも、子猫をかわいがっている。

「すみれのお千寿さんお元気でした？」

菊が思い出したようにいった。

「元気だったわよ。どうして？」

「このところ覇気がなく、体が小さくなったようだっていってた人がいたから、気になってたんですよ。ほら、隠居すると自分の役目が終わったとばかり、老け込んでしまう人がいるじゃないですか。お千寿さんはずっと気をはっていらしたから」

菊は買い物に町に出ると、噂の類もかき集めて持って帰ってくる。中でも近所のつくだ煮屋は噂の集積所らしく、お菜につくだ煮が頻繁に登場するのはそのためのようだ。

「機嫌良く笑ってらしたわよ。苦労が顔に出ないって素敵よね」

「賢くなければそうはできません」

菊は麻に深くうなずいた。

鶏の羽根をけりぐるみにとりつけると、茶々はもちろん、こげ太も夢中になって遊ぶようになった。さらに、棒の先に、ひらひらの布切れと鶏の羽根を糸でたらした釣り竿《ざお》のようなものを作ってやると、これがこげ太のお気に入りになった。ひらひらめがけて飽きることなく、ぴょんぴょん跳びまくる。こうなるとおもちゃを工夫するのが楽しくなってくる。

やっぱり猫まきびしの作り方を千寿に教えてもらおうと、麻はその日、またすみれに向かった。得意先を訪ねるついでに鶴次郎がすみれまで送っていくというので、お供の政吉との三人連れだ。政吉は、千寿へのみやげの、三合徳利を手にぶらさげている。

だが、あいにく千寿は不在だった。

「せっかくおいでいただいたのに、申し訳ありません」

「突然うかがったんですもの。また日を改めますわ。明日はいらっしゃいますかしら」

「……どうでしょう。明日のことは聞いておりませんので」

孫嫁の咲が困ったような顔で口を濁した。

「では、近くに来た時にでも、また寄らせていただきますわね」

「せやな。それまで、こげ太と茶々は、けりぐるみやら、はたきの出来損ないみたいなおもちゃで遊べばええ。これ、飲んでください。届いたばかりの新酒です」

鶴次郎がそういって徳利を渡しかけたとき、奥から主の森之助が出てきた。

「旦那さま、千石屋さんからお酒を頂戴しましたよ」

「これはこれは」

「上方から届いたばかりの新酒です」

「いつもお気遣いいただきありがとうございます。千石屋さんのご酒は格別ですから」

「今晩が楽しみですね。旦那さま」

森之助はどうやらいける口らしい。瞼《まぶた》が厚く、ややたれ気味の目元が千寿とそっくりだ。

「それにしてもお千寿さん、お忙しくてけっこうですな。出歩いている間は現役ですわ」

鶴次郎が何気なくいうと、森之助の顔からすっと表情が消えた。

森之助がふっとため息をつき、それからおずおずと口を開いた。

「……千石屋さんだからお話しいたしますけど、大女将は今、おこもりに行っておりまして」

「おこもりって？　どうしてお千寿さんが……」

麻と鶴次郎は顔を見合わせた。おこもりとは、神社や寺に祈願のために籠《こも》ることだ。

いつもほがらかな千寿とおこもりが、麻の中でなかなか結びつかない。

千寿は先日来、馬喰町《ばくろちょう》のしもた屋に住む梓巫女《あずさみこ》にいたく傾倒して、昨晩から泊まりがけでその家に籠っていると森之助はいった。

「亡くなった人の霊を呼び出せるとかなんとか申しまして」

梓巫女は梓弓を鳴らしながら神降ろしの呪文を唱えて、生霊や死霊を呼び出して託宣《たくせん》や呪術を行う。世の中には本当に力ある行者や拝み屋もいるのかもしれないが、たいていは当たるも八卦《はっけ》当たらぬも八卦の口である。

昨今、「悪霊が憑《つ》いている」「呪われている」と人の不安をあおり、「先祖供養をしなければならない」と信じ込ませ、「数珠」や「壺《つぼ》」や「錦絵」、「水晶玉」などを供養のための品だといい、不当に高い金額で売りつける者も横行している。

森之助から話を聞かされても、千寿が梓巫女を信じ、おこもりまでしているというのが、麻はどうにも信じられなかった。

千寿は道理をわきまえ、世知に長《た》けている。怪しげなものにわざわざ近づいていくとは考えにくい。どっちかといわずともそうしたものは避けて通るほうだと思っていた。

梓巫女を千寿に紹介したのは、店に出入りしている背負い小間物屋の滝二だと、森之助はいった。

先日、行き違いになったあの男だと麻ははっとした。

「最初は大女将も半信半疑だったようですが」

滝二が来た時の千寿の笑顔が麻の脳裏に浮かぶ。千寿は滝二に親しげに話しかけ、いそいそと隠居所に通していた。

「まさか、何か買わされたりは……」

麻が問うと、森之助が苦い顔であごに手をやった。

「手首に水晶玉の数珠をつけておりましたのをご覧になりませんでしたか。……数珠なんぞ、うちの店には売るほど並べているのに、わざわざ大枚はたいて、その梓巫女から買ったそうで」

そういえば千寿の左手首に数珠が光っていた。大玉の水晶玉が列をなす立派な数珠だった。

「その滝二さんとやら、身元はしっかりしてはるんですか」

鶴次郎が低い声でたずねた。

滝二は長年背負い小間物屋として店に出入りしていた者の甥《おい》という縁で、昨年からすみれの品を扱うようになったという。

「人当たりが柔らかく、商いにも長けていて、わずか一年で、五十軒以上の顧客を抱えるようになり、私たちも喜んでいたんですが」

仕入れに来るときには、滝二は千寿の好物の菓子などちょっとしたものを必ず土産に持参して、話し相手になっていく。いつしか千寿は滝二を心待ちにするようになった。

「それでも高価な数珠を売りつけられたとなると、放ってはおけません。ですが、祖母は長年店を切り盛りしてきた人ですから、孫の私があぁだこうだいったところで、埒《らち》が明かんのですよ。もうこの話はしてくれるなと、しまいには、隠居所にこもってしまう始末で。しばらくは様子をみるしかないと思っております」

「それでお千寿さん、どなたを呼び出しているんですか」

「わからないんです。絶対に口を割らない」

森之助はため息をついた。

「『鰯の頭も信心から』とか『信心過ぎて極楽を通り越す』といわれますけど、『これを買えば救われる』なんていう神さんはいただけませんなぁ。森之助さんもご心配なこっちゃ」

すみれをあとにすると、鶴次郎は浮かぬ顔をしている麻に顔を寄せた。

「お千寿はんのこと気になってはりますな」

「ええ……あんな面倒見のいい人、いないのに」

「馬喰町、行ってみますか。その梓巫女のしもた屋とやらに」

麻は鶴次郎を二度見した。

「鶴次郎さん、ご用事、あるのにいいんですか？」

「わての行先は馬喰町の隣町の橋本町《はしもとちょう》の酒屋『なだや』さんや。何か相談事があるとかで。そっちに先に顔をだしますさかい、ちょっと待たせるかもしれんけど。そのあとに足を延ばしてみましょうかいな」

鶴次郎は人当たりが良いうえ、頭が切れ、親分肌で口が堅い。というわけで、相談事を持ち込まれることも多かった。

なだやはここのところ、急速に酒の仕入れを増やしている酒屋だ。主の伝一郎《でんいちろう》がやり手で、橋本町の本店のほかに、浅草に一軒、本所《ほんじょ》にも一軒、店を構えている。さらに隣の店も買い取り、女房の美也《みや》が立ち飲み屋を営み、こちらも繁盛していると評判だった。

麻は、伝一郎と美也とは会ったことがないが、先代の女将のさえは新酒の試飲に千石屋に来たことがあり、何度か相手をしたことがある。

「話が終わり次第、迎えに来ますさかい、待っててな」

鶴次郎はひとりでなだやに入っていき、麻と政吉はすぐ近くの茶屋でお汁粉を食べていたのだが、すぐに鶴次郎が走ってきた。

「お麻も一緒に話を聞いとくなはれ。こっちのご隠居も梓巫女や」

「ええー？　まさか同じ梓巫女？」

「馬喰町のしもた屋、ゆうてました」

あわてて、なだやに急ぐと、すぐに座敷に通された。主夫婦の伝一郎と美也は、鴨居に頭をぶつけかねぬほど、背の高い麻を見て、唖然《あぜん》としている。

「いやはや、千石屋さんの女将さんは大きいと聞いていましたが、これはこれは」

早く話を聞きたいのに、初対面のときはたいてい麻の背の話になってしまう。困った顔になった麻の背に鶴次郎がそっと手をあてた。

「なりは少しばかり大きゅうございますが、いたってかわいい女房でございまして」

顔色も変えず、しゃあしゃあといった鶴次郎を、伝一郎は毒気を抜かれたような顔で見た。美也がふっとほほ笑む。

「うらやましいこと。恋女房といわれることほど、女にとって嬉しいことはございませんわ」

「恋女房だなんてそんな」

「お麻、せやで。わての恋女房やがな。ま、その話はこっちにおいといて。梓巫女の詳しい話をお聞かせいただけますか」

「それが、どこをどうしてこうなったのか、よくわからない次第で。同じ敷地に住んではいても、私らは商いで忙しく、おっかさんと顔を合わせない日もありまして」

伝一郎は低い声で語り始めた。

母親のさえがいそいそとめかしこんで出かけることがあっても、お茶の稽古か、何かの集まりかと思い、行先を尋ねもせず「いってらっしゃい」と送り出していたという。

それが三日前の朝、さえが転んで腰をうち、医者に見せると安静第一といわれた。それなのにさえは女中にすがって隠居所から出てきて、駕籠を呼ぶように小僧に命じた。

——おっかさん、そんな体でどこへ行こうっていうんです。

——ちょっと、約束があるから。

——使いを出しますから、寝ていてください。

――そういうわけにはいかないの。

止める手を払い、駕籠に転がり込むように乗り込むと、「馬喰町」というさえの声が聞こえた。

さすがに気になって、伝一郎は小僧に駕籠の跡をつけさせた。

「小僧がいうには、おっかさんは一軒のしもた屋に入っていったというんです」

夕方、やはり駕籠に乗って帰ってきたさえは疲れ切った様子で、腰の痛みに顔をしかめつつ、布団にもぐりこんだ。

――おっかさん、そんな体であの家で何をしてたんですか。

――あたしの跡をつけたのかい？　おまえにゃ関係ないことだ。

「結局、梓巫女のところにいったといったんです。梓巫女に、死んだ者を呼び出してもらっていると」

「どなたを？　ご亭主とか？」

伝一郎は腕を組み、答えない。やがて観念したようにつぶやいた。

「……シロを」

「シロって？」

「……おっかさんがかわいがっていた犬です」

苦虫を嚙みつぶしたような顔で伝一郎はいった。

シロは三年前までさえが隠居所で飼っていた白い犬だという。拾った犬だったが、さえになつき、ずっと一緒に過ごしていた。

――犬を呼び出してどうするんだ。

――シロは、あの子はずっとあたしのそばにいてくれた。

――ばかばかしい。第一、犬を呼び出したところで、人の言葉をしゃべるもんか。

――おまえにはわかりゃしない。呼び出すのはあの子の魂だから。でも言葉なんざなくてもあの子が何を思って、何をいいたいのか。あたしにはわかるんだ。あたしの気持ちもあの子はわかっていた。

――頭がおかしくなっちまったんじゃないですか。話になりゃしない。

――今更なにをかいわんやだ。話にならないのも当たり前さ。おまえたちとまともにしゃべったことなんか、ここ何年もなかったじゃないか。さ、あたしの部屋から出て行っておくれ。

翌日も翌々日も、さえはよろよろしながら馬喰町に駕籠で向かった。

「出かけている間に部屋を調べたら、おっかさんの持ち金がずいぶん減っていたんですよ。それで問い詰めると、梓巫女に納めたと白状しました」

――いんちき巫女に金を払うなんぞ、金を捨てるようなもんだ。

――あたしが多少金を使ったところで、おまえに文句をいわれる筋合いはない。亭主が死んだあと、この店を支えたのは、このあたしだ。それに、桜蘭《おうらん》さまは本物だ。ばちあたりなことをおいいじゃないよ。

「桜蘭さんという名なんですか。梓巫女は」

「名前まで胡散臭《うさんくさ》い……吉原の太夫でもあるまいし、そう思いませんか、鶴次郎さん」

「吉原の太夫？　わ、わてはそっちはトンとうとい方でして……」

あわてて、鶴次郎は首を横にふる。

「そういうことにしておきましょ。恋女房のお麻さんの前ですし」

「いや、ほんまに。わてはお麻ひと筋ですがな」

麻は目の端で鶴次郎を軽くにらんだ。実は鶴次郎は結構もてる。芸者が同席する会などで遅くなる日にはやきもきさせられることもあるのだ。

「伝一郎さん、話を進めてください」

麻はやや冷たい口調で先を促した。

昨日、さえは夜になっても帰ってこなかったという。伝一郎が小僧を馬喰町に迎えに行かせると、お籠りをするから当分、家には帰らないといわれた。

「まったくどういうつもりなんだか。いい年をして人騒がせな」

「おまえさま、そんな言いかたあんまりですよ」

　美也は伝一郎をなだめようとしたが、伝一郎は口をへの字に結んだままいらいらと唸り続けている。

麻は伝一郎に膝を進めた。

「つかぬことをお聞きしますが、おさえさんと、小網町の小間物屋すみれの大女将のお千寿さんはお知り合いですか？」

「すみれ？　お千寿さん？　聞いたことがないが、おまえは知ってるか」

「いいえ。うちの馴染みの小間物屋は近くの『山澤屋《やまざわや》』ですから。でも小間物屋といえば」

美也が口ごもった。伝一郎は四十代半ば、美也は四十手前に見える。立ち飲み屋をやっているからか、美也は襟の抜き方や斜めに結んだ帯といい小粋で洒落ていた。色白で左の目じり近くに涙ぼくろがあり、やや受け口なのもあいまって、素人《しろうと》ばなれした色っぽさだ。

「この頃、背負い小間物屋が出入りしていましたよね、おっかさんの隠居所に」

どきっと麻の胸が跳ね上がった。伝一郎は首をひねった。

「わしは知らんが」

「来てたじゃないですか。三月ほど前から顔を出すようになって、近頃じゃ、三日に一遍は」

麻は美也に向き直った。

「ちょいと目鼻立ちのいい男だったんじゃないですか」

「ちらっと見ただけですけど、確かにそんな気が」

「滝二はいい男なんか」

鶴次郎が不服そうにつぶやくと、美也がはっと顔をあげた。

「滝二さん……おっかさんが、そう呼んでいた気がします」

「やっぱり、これは馬喰町に行ったほうがよさそうやな、お麻」

伝一郎は、そういった鶴次郎を驚いたように見上げた。

「梓巫女のしもた屋に乗り込む？　鶴次郎さんが？　いやいや、お忙しい千石屋さんにそこまでしていただかなくても。おっかさんを改心させる方策さえ見つかれば……」

だが鶴次郎は首を横に振った。

「そない簡単に人の気持ちを変える方策など見つかりますかいな。一所懸命、家のことをやり、店を守ってきたお人が、息子がとめるのも振り切り、梓巫女に通っているんでっせ。何がどうなってるか、この目で確かめんことには、なんの手立ても見つかりませんわ」

「わ、私もご一緒させてください」

美也が唇を引き締めていった。伝一郎はどこか腰が引けているのに対し、美也は覚悟をしたような表情をしている。麻と鶴次郎は顔を見合わせ、同時にいった。

「いきなり家人が乗り込んだら、話がこじれるかもしれへん。強引に連れ戻しに来たと思っていきりたちかねまへんわ」

「お気持ちはわかりますけど、他人の私たちだけのほうが怪しまれません。とりあえず、どうなっているのか、見てきます。おふたりが行かれるのはそれからですよ」

というわけで、美也と伝一郎に見送られ、麻と鶴次郎は政吉を伴い、なだやの小僧の案内で馬喰町に向かった。

その家は路地の奥にあるごく普通のしもた屋だった。

駄賃を与えて小僧を帰すと、麻は鶴次郎に耳打ちした。

「訪ねる前に、近所で評判を確かめません？　表通りに繁盛していそうなつくだ煮屋がありましたよ。お菊がいうには、つくだ煮屋には町中のうわさ話が集まっているそうですわ」

三人はあっさり踵《きびす》を返し、表通りに面したつくだ煮屋に入った。

アサリのつくだ煮を注文した麻は店の女将に「この店を長くやっているんですか」「このあたりに梓巫女がいるって聞いたんですけど」と次々に話しかけた。

「梓巫女が住んでるのはそこのしもた屋だよ。引っ越してきたのは一年ほど前だったかな。夫婦もんでね。亭主は四十、巫女さんは三十半ばくらい。巫女さんはそんじょそこらではお目にかかれない美人だよ。ああいう商売では半端な見た目はいただけない。はっとするような美形か、ぞっとするような醜女《しこめ》かじゃないとね。……でも」

女将は知った顔がないのを確かめるようにあたりを見回し、麻に顔を寄せた。

「この間、ひと悶着《もんちゃく》あったんだよ」

〝おっかさんが払った金を返せ！〟と怒鳴り込んだ若夫婦がいたという。

やっぱりと、麻は額をぺちっとたたいた。梓巫女に金を貢いでいるのは、千寿やさえだけではないということだ。怒鳴りこむくらいだから、若夫婦が返せといった金もはした金ではないだろう。

「それでどうなったんですか？」

「居合わせたばあさんたちがぞろっとでてきて」

〝帰れ！　帰れ！〟と、若夫婦に向かって声を揃えた。しまいに、梓巫女の亭主が出てきて、しらっとしていったという。

――十分に拝ませていただきました。ご一家にこれまで災いを起こしていたものも祓うことができました。それでは。

しばらくの間、若夫婦はぴしゃりと閉じられた戸をこじ開けようとしていたが、「それほどおっしゃるならお上に訴え出ればよろしい。こちらはどこにでも出ていきますよ」と内側から怒鳴られて、すごすごと帰って行ったという。

「若夫婦は店をやってるんだろう。訴え出たりしたら、騒ぎを起こしたと逆に罪に問われかねないから、泣き寝入りさ。それからも巫女さんは平気の平左で、年中、梓弓を鳴らしているよ。よっぽど当たる本物の口寄せ女か、根っからの悪党か、どっちかだろうね。ところであんた、ずいぶん育ったね。見上げなくちゃならないから首が疲れるわ。で、あの人、あんたのご亭主？　男前だねぇ」

女将はちょっと離れて所在なく立って待っていた鶴次郎をちらっと見た。

アサリのつくだ煮を受け取り、麻は鶴次郎のもとにかけよった。話が聞こえていたらしく、鶴次郎は渋い顔をしていた。

「思うたより、深刻やな。本物かインチキかはさておき、すっかり丸め込まれている人が大勢いるってこっちゃ。これはふんどしを締めてかからんと」

「ですね」

麻はふんどしというわけにはいかないので、帯をぽんとたたいた。

怪しまれずに梓巫女の家に入りこむ理由も必要だった。若夫婦の騒動の顚末《てんまつ》から見ても、相手は海千山千である。いい加減なものでは疑われ、最悪の場合、麻たちもばあさんたちに取り囲まれ、つるし上げられかねない。

しばらく考え込んでいた鶴次郎は「ひらめいたで」と顔をあげた。

「お麻、げっそりした顔をしなはれ。肩を落として、背中を丸めて、うなだれて」

「私が梓巫女に拝んでもらいに行く役なのね」

麻は察しようなずいた。

「いちばん穏当やろ。こういうもんを好きなのは男より女人や」

「……私は誰を呼び出してもらえばいいのかしら。でも死んだ人を呼び出すなんて……もしほんとに出てきたら、どうする？　聞きたいことがあるわけでも用事があるわけでもないのに、ただ梓巫女の家に入り込むために、あの世にいる自分を利用するとはどういうつもりだって怒り出したりでもしたら。……たたられるかもしれない」

麻はぶるっと体をふるわせた。鶴次郎が麻の肩に手をおき、くすっと笑う。

「お麻に関わった人がそんなことでたたりますかいな。だいいち、かわいいお麻を、わてが危ない目になど遭わせはしません。とはいえ、呼び出す人は選ばんとあかんな」

やがて鶴次郎は麻と政吉に耳打ちした。


「ごめんください」

鶴次郎が訪《おとな》いをこうと、戸がすっと開き、五十がらみとおぼしき女が顔をだした。

「なんの御用でしょう」

「こちら、梓巫女の桜蘭さんのお宅で間違いありませんか。実は桜蘭さんにご相談したいことがございまして」

女は値踏みするような強い目で鶴次郎を見た。

「私は下り酒問屋千石屋の主の鶴次郎と申します。女房の麻が、先日来、毎晩、ひどくうなされるようになりまして。どんどん痩せてやつれてしまって。以前は明るくほがらかな女房でしたのに……」

鶴次郎はうっとうめいて、口元に手をやった。女は麻を上から下までじろりと見た。麻は少しでも痩せてみえるように、慌てて身をよじった。

「眠れば決まって、上方で奉公しているひとり息子の夢を見るんです。息子が誰かに追いかけられ、襲われる夢、崖から落ちる夢、海でおぼれる夢を毎晩、繰り返し……」

「苦しそうで見ていられんのですわ。危ない！　逃げて！　助けて！　お麻は寝ながら大声で叫び、自分のその声で跳ね起き、それからはまんじりともせず、朝が来るまで震えているありさまで。今朝は金縛りにあいましてな。うう〜〜っと唸り続けておりました」

「旦那さま、堪忍。私がこんなんじゃ、旦那さまも眠れませんもの。日中は店のことで忙しいのに」

「わてのことはよろしいんや。それよりおまえが不憫で……」

うつむいている麻の肩を鶴次郎がそっと抱いた。政吉はずっと自分の足元に目を落としている。下手な芝居を見ちゃおれんという心境なのだろう。だが、主夫婦を心配する手代と見えないこともない。

女はうなずいた。

「それは難儀なことでございますね」

「もう眠るのが怖くて……」

ダメ押しのように、力なく麻がつぶやく。もしこの場に菊がいたら、片腹痛い、ちゃんちゃらおかしいと大笑いしたに違いない。

昨夜も麻はすとんと眠った。今朝は茶々が障子をやぶる音で目が覚めたものの、麻は茶々とこげ太を布団に引っ張り込んでぐずぐずしたあげく、「早く起きろ」といわんばかりの菊の足音が聞こえるに至って、しぶしぶ寝床から離れた。怖い夢など何年も見ていない。

「上方の息子さんから連絡はないんですか？」

「文には元気だと書いて寄こします。ですが、昔から親に心配をかけまいとする子でそれが本心とはとても思えなくて……」

麻は手巾で口を押さえながら、消え入りそうな声でいった。

「ここをどうして知ったのですか？」

「小網町の知り合いから、お力をお持ちの梓巫女さんがいると聞きまして、いてもたってもおられずお訪ねいたしました」

小網町には小間物屋すみれがある。近所で知る人がいてもおかしくない。

女はやがて中に入るようにと、目で促した。

「お邪魔いたします」

入口の先は六畳ほどの板の間になっていて、半白や白髪の女が五人ほど座っている。戸を開けてくれた女を含め、みな、順番を待っているようだ。

部屋の隅に、さえが座っていた。さえはほんの一瞬、麻と鶴次郎を見た。だが、すぐに再び目を畳に落とした。

「あそこの紙に名前を書いて、お盆に入れて」

先ほどの女は隣の座敷との間に置かれた文机《ふづくえ》を指さした。硯《すずり》と筆と、半紙を切ったもの、塗りの盆がおかれている。麻は「千石屋　麻」と書いた半紙を盆に入れ、入口近くに座った鶴次郎と政吉の隣に腰をおろした。そのときだった。

べ〜ン、べ〜ン！

奥の座敷から梓弓の音がした。はっとして目をやると、小さな床の間を背に、白の小袖に紫の袴姿の女が梓弓を抱えている。年はそれなりにいっているが、色が抜けるように白く、弁天様か観音様かと思わせるような美貌《びぼう》だ。

その前に座っているのは、千寿だった。

千寿はちょこんと正座し、両手を固く合わせ、目を閉じている。

また梓弓が鳴った。

べ〜ン、べ〜ン。

「お千寿さん、呼び出したい人の名前を心をこめてお呼びください」

その声を聞くまで梓巫女の隣に男がいたことに、麻は気が付かなった。男の顔は影となり、見えない。

「安助！　安助！」

千寿は振り絞るようにいった。

呼び出したいと千寿が願っていたのは三年前に亡くなった息子だった。

「もう一度」

「安助！」

梓巫女の目が開き、その口からしゃがれた声が漏れ出た。

「おっかさん」

千寿は驚いたように目を開き、梓巫女を食い入るように見つめる。

「安助、本当に安助なのかい」

「ああ、おっかさんがおこもりをしてくれたので、出てこられた」

「やっと会えた。ずっとおまえに会いたかったんだ」

「おっかさんには苦労を掛けちまった。子どもたちを一人前にしてくれてありがとうよ。店も続けてくれて息子に渡してくれた。おっかさん、これまで並大抵の苦労じゃなかっただろ」

千寿の目から涙がほろほろと零《こぼ》れ落ちる。

「苦労だなんて。……おまえたちが死んだのは私のせいなのに。……秋風が吹きはじめてもおまえはもうしばらくおとなしくしていたほうがいいといったよね。それなのに私は……のんきなことをおいいじゃないよ。もうころりは終わった。ころりで店を休んだ分までこれからは稼がなくちゃならないと急《せ》き立てちまった。もう大丈夫だと、おまえを外回りに送り出してしまった。……まさか、それでおまえがころりにかかって、命まで持っていかれるなんて思ってもみなかった。働き者で優しかったひろまで死んでしまうなんて。……おまえたちの命を奪ったのはころりじゃない。私だよ。堪忍しておくれ」

千寿の目からあふれた涙が、畳にぽたぽたと染みを作っていく。

「おっかさん、泣かないで、おっかさんが泣くと、こっちも泣きたくなるから」

「おまえはいい子だねぇ。小さいころからおっかさんの自慢の息子だった。それなのに、早く死んじまうなんてねぇ」

「おっかさんといると、向こうに帰りたくなくなるよ」

「おまえが今いるところはどんなところなんだい」

「……暗くて寒いところさ。……親より早く死んだ逆縁という親不孝をしでかした罰を受けている」

「なんだって！」

「ずっとたったひとりで、ここにいなくちゃならない。苦しくさびしく辛いけれど自分ではどうにもできないんだ」

「そんな……私のせいで命を落としたうえに、死んでからも苦しむなんて。代われるものならどんなことをしても代わってやるのに。何か、何か方策はないのかい」

「……ひとつだけ方法がある。頼んでいいかい」

「何でもいっておくれ」

「拝んでくれ。おいらが成仏できるように」

「おいらが成仏……」

千寿がまばたきを繰り返したのが見えた。

「ああ。朝夕、一心に拝んでほしい」

「それだけでいいのかい。わかった。拝むよ。毎朝、毎晩、おまえのことを思い、一心に」

梓巫女が目を閉じ、べ〜ンと梓弓を鳴らす。

再び梓巫女の目があいた。梓巫女はうっすらとほほ笑む。

「はじめておりてきてくれたようですね。安助さん」

先ほどとは打って変わったきれいな声で梓巫女は千寿に話しかける。千寿は両手をつき、長いこと、頭を下げた。

「桜蘭さま、ありがとうございました。ですが、安助は……」

こらえていたものが弾けたように、千寿は嗚咽した。

「どうなさいました、お千寿さん」

驚いたような桜蘭の声が聞こえ、男の声が続いた。

「桜蘭さまは、祈禱《きとう》のときのことを一切、覚えていらっしゃらないのです」

男は桜蘭に事の顚末を手短に伝えた。

「おかわいそうに。安助さんは地獄に落とされているのですね」

「地獄!?」

千寿は金切り声で叫んだ。

「安助さんを救い出すことができるのは、お千寿さんだけでございましょう。どうぞしっかり拝んであげてください。……つきましては」

桜蘭に促され、一本の掛け軸を差し出した男の横顔がそのとき見えた。男は滝二だった。

桜蘭はいたわるようにいう。

「これは私が心をこめて描いたお大日如来《だいにちにょらい》です。床の間にかけ、これに向かい朝晩拝んでいただければ、お千寿さんの思いはきっと安助さんに届き、いつか安助さんを救うことができます」

「桜蘭さまが自ら筆をふるわれた貴重な掛け軸です。お金を出せば手に入るというものではございません。ですので……」

滝二の声が小さくなり、そのあとは聞こえなかった。

「ありがとうございます。ぜひ譲っていただきます。ただ、本日、金子《きんす》の持ち合わせがなく……明日また改めてうかがいます」

「いつでも結構ですよ。ご安心なさいませ。それまでの間、私がお千寿さんに代わり、安助さんの供養のために拝んでおきましょう」

座敷から出てきた千寿に老女たちが駆け寄り、「よかったねぇ」と繰り返す。千寿は手巾で目を押さえた。

「ようやく息子に会えました。話すことができました、でもなんてむごい」

「掛け軸をいただけたんだもの。きっと息子さんは救われますよ」

うんうんとうなずいていた千寿は、麻に気づいて、驚いたように目を見開いた。

「お麻さん、なぜここに？　まさかここでお会いするなんて」

「ちょっと気にかかることがありまして。こちらの巫女さんの評判を耳にしましたので、思い切ってまいりましたの。亭主はつきそいで」

千寿は麻の隣に腰を下ろし、麻の向こう隣の鶴次郎に会釈《えしゃく》する。

そのとき、座敷から男の声がかかった。

「おさえさん、どうぞお入りください」

さえは両手をついてよろよろと立ち上がった。いかにも腰が痛そうだ。さえは二つ折れの姿で一歩また一歩、足を進め、崩れ落ちるように座敷の座布団に座った。

ベンベ～ン。梓弓が鳴った。

「……おっかさん。どうしたの？」

「シロ、出てきてくれたのかい？　ほんとにシロなのかい？」

「そうだよ。おっかさんを見てるよ」

「嬉しいねぇ。三年ぶりだ。おまえがいたときは楽しかったよ。店番も一緒にやったね。海を見にも行ったね。おまえの座布団はまだとってあるよ。おぼえてるだろ」

「ふかふかの座布団、懐かしいな」

「……シロ、本当におまえなのかい？　おまえをもう一度なでたいよ。私が帰ると喜んで飛びついてくる姿を見たいよ。……おまえがいなくなって、私は用済みになっちまった」

「おっかさん、大好きだよ」

「そういってくれるのはおまえだけさ。息子夫婦は朝から晩まで商売ばかり。私なんかいてもいなくてもどっちでもいいのさ。その上年のせいか、このごろは体も思うように動かなくなっちまった」

「おっかさんに会いに来たのはそれが気になったからなんだ。おっかさん、拝んでる？」

「神様を？　普通に拝んでるよ」

「おとっつぁんは？　先代は？　先々代は拝んでいた？」

「おとっつぁんもまあ拝んでたよ。先代も朝夕に手を合わせてた。でもその先となるとわからないねぇ」

「おっかさんの膝や腰が悪いのは、先祖がちゃんと拝んでいなかったせいなんだ。今は歩けていても、いずれひどくなり、寝たきりになってしまうかもしれないよ」

「ええっ！　そんな」

「だから先祖の分までおっかさんが拝まないと。おっかさんには元気でいてほしいんだ」

「そんなことをいってくれるのはおまえだけだ」

「おっかさんが好きだから……でも、そろそろおれ、行かなくちゃ」

「えぇっ？」

さえの声が裏返ったような気がした。

「おれは犬だから、長くしゃべれないし、この世でしゃべること自体、大変なんだよ」

「そ、そうなんだ」

「おっかさん、呼び出してくれてありがとう。嬉しかった。わん」

祈禱が終わった後、桜蘭がさえに手渡したのは小さな水晶玉だった。

「これを床の間に飾り、朝晩しっかり拝めば、シロが守ってくれます。おさえさんの足が悪くなることはないでしょう。ぜひお持ちなさい」

さえはその場でお金を支払い、水晶玉が入った木の小箱を胸に抱えて戻ってきた。

座敷から戻ってきたさえの腰が伸びていた。

「おさえさんがシロと会えてよかった。一緒におこもりしたかいがあったわね」

千寿が膝をすすめた。さえがうなずく。

「お互い、またやることができちまったね。朝晩、拝まなくちゃ」

「それにしてもおさえさん、よく持ち合わせがあったわね」

「ここに何度か通ってわかっていたからよ。お告げがあれば何かを分けていただけるのよ。そのときにすぐにお支払いできるようにって、まとまったものを持ってきていたんだ」

「さすがね。私もそうすればよかった」

鶴次郎の肘が麻の腕にこつんとあたった。麻が軽くうなずく。

鶴次郎が「か・ね」とつぶやく。桜蘭たちの目的は金だ。掛け軸、水晶玉、数珠……。まるで絵にかいたような騙りではないか。だが千寿とさえは信じ込んでいる。早晩、ふたりは丸裸にされかねない。

けれど、麻と鶴次郎がそう告げたところで、耳を貸さないどころか、説得にかかった麻たちをうとみ、避けて遠ざけるのが落ちである。いったいどうやってふたりの目を覚ませばいいのか。

とにかくこの場所からふたりを引き離し、連れ出さなくてはならない。麻は素早く、鶴次郎に耳打ちした。鶴次郎は黙ってうなずく。

順番待ちの女たちがさえを取り巻いていた。

「おさえさん、腰が折れ曲がってないわよ。どうしたの？」

さえがうなずく。

「あんまりびっくりして、腰が治ったみたい」

「ま、すごい。腰まで治るなんて」

ざわざわと待っている女たちが騒ぎ出す。

さえは、鶴次郎と麻の前に進み、手をついた。

「ご無沙汰をしております。息子の伝一郎がいつもお世話になっております。店を伝一郎に譲ってからはおふたりにお目にかかることもございませんでしたが……ここでお会いするとは」

「私もびっくりしました。まさかここで、おさえさんとお千寿さんに出会うなんて思ってもみなかったものですから」

麻は殊勝《しゅしょう》にいった。さえが眉をあげた。

「お千寿さんもご存じなんですか？」

「すみれは、私の行きつけの店でして。つい先日もお店でお会いして、猫の首輪をいただき、けりぐるみの作り方をおしえていただきましたの。おかげさまで猫たちがけりぐるみで飽かずに遊んでいます」

千寿がほほ笑んだ。

「それはよございました。……座敷から戻ってきたら、お麻さんがご亭主と並んで座ってらっしゃるんですもの。一瞬、私の見間違いかと思いました。でも……私がお麻さんを見間違えるはずがございません」

背が高いからだと、麻は思ったが、顔にはださない。

次の人の名が呼ばれ、またひとり座敷に入っていく。

一瞬、みな口を閉じ、静かになった。

切り出すのは今だ。

麻は鶴次郎を見た。

「鶴次郎さん、やっぱり私、お暇《いとま》しますわ」

ささやくようにいって麻が腰を浮かせる。その腕を鶴次郎がつかんだ。

「お麻、せっかくここまで来たんや。そういわんと。見てもろたら、ええやないか」

「でも……」

首を横に振った麻の顔を、千寿とさえはのぞきこむ。

「どうなさったの？」

「お麻が、『帰る』いい始めたんですわ」

鶴次郎が困ったといわんばかりに、眉を八の字にした。

さえが麻に膝をすすめた。

「ここにいらしたということは、何か、深い悩みごとがおありになるんでしょ」

麻はこくんとうなずき、畳の目を指でほじくる。

すかさず、鶴次郎が、麻が悪夢に悩まされていると続けた。

千寿が麻の手をとった。

「ぜひ桜蘭さまにご相談なさいませ。私は、お麻さんが十五の時からのおつきあい。私にとって娘のようなもの。そのお麻さんが眠れないほど悩んでいるなんて放っておかれません。相談するまで帰しませんよ」

「お千寿さんのおっしゃる通りです。お麻さんはきっとここに導かれたんですよ。息子さんの京太郎さんに凶事が起きていたら大変じゃありませんか。桜蘭さまなら、なんとかしてくださいます」

千寿とさえは口々に麻に祈禱を受けるように勧める。

「でも……おふたりに、失礼を承知で申し上げますが、……私、やっぱり信じ切ることができなくて。こんな風に腰が据わらない私が、ご祈禱を受けたとしても、いい結果にはならないんじゃないかと」

千寿とさえは一拍おいて、うなずいた。

「信心して、おこもりをしてはじめて、下りてきてくれる。そういうものですからねぇ」

「ご本人に迷いがあれば、桜蘭さまのお力をもってしてもうまくはいかない。それはその通り。でも……」

ふたりはそれから、桜蘭のもとで起きた驚くべき出来事の数々を語り始めた。

曰く、十数年悩んでいた庄屋の女房の頭痛が、桜蘭の祈禱で消えた。勘当した放蕩息子が桜蘭の祈禱を行った直後に、心を改めて戻ってきた。傾きかけた店が、祈禱を続けたら、勢いを盛り返し、立て直すことができた……。

「なるほど、霊験あらたかなもんや。なぁ、お麻」

うなずきながらふたりの話に耳を傾けていた鶴次郎が話しかける。だが、麻は首をやはり横にふった。鶴次郎はぽんと膝をうった。

「わかった。お麻、今日は帰ろう。ご祈禱は無理してやっていただくもんやあらへん」

鶴次郎と麻は腰をあげた。

「お麻さん、本当に帰ってしまわれるの？」

「この福運を逃してしまうなんてもったいない」

それでも麻を引き留めようとするさえと千寿に、鶴次郎は深々と頭を下げた。

「おふたりのお麻を気遣ってくださるお気持ち、ありがたくて涙がでますわ。今ここで、ご相談するのがいちばんええんやろうけど、こうみえて、お麻は、いややと思うたら、もうあかんのですわ。ですが、おふたりの話をゆっくり聞かせていただいたら、お麻の気持ちも変わるかもしれません。もしよろしければ、うちにおいでいただけませんか」

ふたりは顔を見合わせ、やがて考えうなずいた。

麻はふたりを座敷に案内すると、とりあえず熱燗をつけた。

菊は酒の肴《さかな》を作り始めた。豆腐の味噌田楽、こんにゃくの炒り煮、子芋の煮ころばし、鰺の干物……。魚屋にも女中を走らせたので間もなく刺身が届く手はずだ。

「なだやのご隠居のおさえさんと、すみれのお千寿さんが知り合いだったたなんて、初耳ですよ。そのふたりをお嬢さまと旦那さまが連れて帰ってきたのはどういうわけなんです？」

ふたりが梓巫女にはまり、家人に相談されたと、麻が話すや、菊はしゅっと目を細めた。不機嫌な時の眇《すがめ》だ。麻と鶴次郎が梓巫女の家に行ったという話に及ぶと、菊の頭が沸騰《ふっとう》しはじめた。

「梓巫女！　死んだ息子！　シロっていう名の犬！　からのお告げ！　……胡散《うさん》臭い。まさかお嬢さまもその梓巫女にみてもらおうなんて魂胆じゃないでしょうね」

「そうじゃなくて……」

ことの詳細を話しても、菊の機嫌は直らない。

「『人捕る亀は人に捕られる』ということわざをご存じでしょう。いつのまにか丸め込まれたなんてことがないようにしないと。首をつっこんじゃならないものも、世の中にはあるんですから」

菊は、浅草に行けばお化け屋敷を必ず覗いてみるし、霊媒《れいばい》や占いの話になると身をのりだす。だが、怪しげな信心は毛嫌いしていた。

それも無理からぬことで、かつて菊の遠縁の女房が行者の占いにはまり、家の金を行者に貢ぎ、離縁されたという。近所でこの類のことが起きるたびに、菊はその話を麻に何度も繰り返し語って聞かせていた。

行者の占いにはほころびもいっぱいあったのだが、家人たちがそれを指摘しても、その女房は耳を貸さなかったらしい。

鶴次郎は、千寿とさえ、麻に酌をしながら、さりげなく尋ねた。

「先ほど、はじめておりてきてくれたってゆうてはりましたけど、なかなかお告げはもらえへんもんなんですか」

さえはふっと息をはいた。

「だから、おこもりをしたんですよ」

「でもお告げをきいてよけいに辛くなってしまいました。……安助が今も苦しんでいるなんて。それも地獄にいるなんて……」

千寿がまた手巾で口元をおさえる。さえも肩を落とした。

「……私も寝たきりになるかも……でも私たちには桜蘭さまがいらっしゃる」

「そう。桜蘭さまに間違いはありません。お麻さんも明日、ぜひご一緒にまいりましょうね」

そのとき、菊が小鉢を盆にのせて入ってきた。ガタンガタとわざと耳障りな音を立て、膳に小鉢や豆皿を並べる。千寿とさえは顔見知りの菊に「お久しぶり」「お元気そうで」など声をかけたが、菊はおざなりに首を曲げただけだった。菊の背中が怒っていた。

麻は運を天にまかせ、切り出した。

「実は、このお菊の遠縁の者は、とんでもない行者にいれこみましてね。その行者も、死んだ人を呼び出す力を持つという触れ込みだったんですけど」

「まあ、それはそれは」

「世にインチキ行者も多いですからね」

まるで他人事《ひとごと》のようにふたりはいう。麻は丹田に力をこめた。

ふたりに真正面からあれこれ切り込んでも無駄だ。だが他人事なら、話はできる。

「その人、子が授からないことを悩んでいたそうなんです」

傘屋を営む亭主と姑と三人住まいの女房だった。通いの女中もいて、こぢんまりとした店ながら、それなりに蓄えもあり、何不自由のない暮らしだったという。

あるとき薬売りの男が家に出入りするようになった。親切な男で、女房の話し相手になり、やがて男は女房に行者を紹介した。

「そこで行者が女房の子ができない悩みをすぱっと言い当てたものだから、すっかり信用してしまったんですって。それも当たり前なんですよ。薬売りと、行者はぐるだったんですから」

「まあ、あきれた」

「ひどい話」

行者は桜蘭、男は滝二と酷似していることに気づいていないのか、ふたりは一刀両断に切り捨てた。麻は話を続ける。

「それから女房は、行者にご亭主の姉さんを呼び出してもらったそうです」

嫁いできたとき、義姉はすでに同じ町の荒物屋に嫁いでいた。だが、しょっちゅう実家にいりびたり、姑と口をあわせて、「体が弱い」「気が利かない」など女房の悪口をさんざん垂れ流したという。姑と小姑の、いわば嫁いびりである。

そのうえ義姉は四人の子どもを連れてきてはその世話を女房に押し付けた。下の子をおぶって残り三人の子の世話をし、店番をしつつ、小姑たちの昼飯まで作る日々が続いた。一日中、お茶飲みに興じている姑小姑からは、「ありがとう」のひとこともなかった。

あるときついに堪忍袋の緒が切れ、女房は義姉に「今後、子どものお世話はご自分でなさってください」といってしまった。義姉は激怒し「子どもの面倒はみたくないという心がけでは、子には恵まれないよ。あんたに子どもはできないよ」と憎々し気に叫んだという。

その日の帰り道、義姉は馬にけられて命を落とした。

姑はめっきり力を落とし、部屋にこもるようになった。

それから五年。女房に懐妊の兆しはなかった。次第に女房は、義姉の最後の言葉を呪いだと思うようになった。そして女房は行者に出会ったのだった。

「行者が祈ると、義姉は出てきたんだね」

さえはそういって、酒で唇を湿らせた。麻がうなずく。

「こういったそうです」

――あたいの呪いを解いてほしいなら、朝夕、蠟燭《ろうそく》をともして拝み続けろ。仏壇にも神棚にも蠟燭をともせ。

そのとき、菊が料理をもってまた入ってきた。みんなの視線が菊に集まる。

「その義姉《ねえ》さん、あたいなんていう人じゃなかったんですよね、お菊」

菊は小鉢を配り終えると、部屋の隅に座って口を開いた。

「ええ。生前は、あたし、といっていたそうなんです。そのうえ、家に神棚はなく、あるのは荒神さまだけ。実家にあるものとないものがわからないなんて。インチキも極まれりですよ」

「いくら死んだといっても、神棚のあるなしまで忘れるわけないわな」

鶴次郎がすかさず合いの手を入れる。

「祈禱に同席した亭主がおかしいといったのに、あの人ったら、行者から法外に高い蠟燭を買い、いわれるまま数珠、水晶の玉、壺、掛け軸まで買って……きりがないんです。それだけでも、行者の目当ては金だってわかりそうなものじゃないですか。でも本人だけは気づかない。しまいには、店の金までもちだして。結局三行半《みくだりはん》ですよ。まったく、ばかにつける薬はないを地でいく、お耳汚しな話で、失礼いたしましたっ」

すくっと立ち上がり、菊はばさっと着物の裾を鳴らして部屋を出て行く。

千寿とさえはきまり悪そうに、黙り込んだ。

桜蘭のことをおとしめたりしたら、ふたりは心を閉ざしてそれでしまいである。だが、見ず知らずの行者の話なら聞く耳もあるだろうと、麻はこの話を持ち出したのだ。

多少なりとも桜蘭を信じる気持ちにくさびを打てただろうか、麻はちらちらとふたりの様子を窺《うかが》い続けた。

めっきり口数が少なくなったところから、少しはこたえているようにみえなくもないが、菊の遠縁の女房がそうだったように、何をいっても信心を曲げないことだってある。

そのとき、外から茶々とこげ太が戻ってきた。二匹はしばらくの間、けりぐるみで遊ぶと、こげ太は鶴次郎の膝に顔をのせ、茶々は麻になでてもらい、うっとり目を閉じた。

「けりぐるみ、気に入っているみたいでよかったわ」

千寿が頬をゆるめた。

「茶々もこげ太も男の子なのね。元気がいいこと」

さえがやさしい声でいう。

「シロも男の子だったんですね」

麻がそういった途端、さえはすっと表情を消し、押し黙った。やがて首を横に振った。

「……いえ、女の子」

「あれ、お告げでは『おれ』っていってたような」

その瞬間、「おれ」と聞いた後のさえの声が、裏返ったことを、麻は思い出した。

そういえば千寿も、おつげのときに一度だけ、様子が変わった。急に激しくまばたきを繰り返したのだ。あれはたしか「おいらが成仏できるように」という言葉を聞いたときだった。

麻は勇気をふり絞り、千寿にたずねた。

「安助さんは自分のことをおいらといっていたんですか」

「……」

千寿はこたえない。だがやがてゆっくり首を横にふった。

「そんなことをいうの……私、はじめて聞いた」

千寿とさえは気が抜けたような顔をしている。重い沈黙が続いた。

「……犬なんだから、メスでもおれっていうのかな……」

さえがつぶやいたが、誰も返事をしない。しばらくしてまたさえが口を開いた。

「ふかふかの座布団が懐しい、なんていったのよ。シロは、自分の匂いのしみついたぺっちゃんこの座布団が好きだったのに……。そのうえ、最後にわん、だって。シロが私に甘えるときはくぅ～んなのに……」

さえの目のふちが赤くなっている。

「私、だまされちまったのかしら」

だが千寿はきっと顔をあげた。

「安助は今、地獄にいるっていってた。でたらめかもしれない。でも万にひとつであっても、安助が地獄にいるかもしれないなら、何があっても拝み続けなければ。私は桜蘭さまを信じないと。安助のために」

鶴次郎がいたわるような目で千寿を見た。

「病で若くして死んだ人がみな、地獄に行ってたまりますかいな。死にたくて死んだわけやなし。神も仏もないようなそんな殺生な話、聞いたこと、あらへん。だいいち、あのとき、どんだけの人がころりでのうなったか。桜蘭はんがいう通りなら、地獄は芋の子を洗うようなありさまでっせ。いい息子さんだったんでっしゃろ。商いも熱心にやってはった。成仏なさっているに決まってます。おっかさんの幸せを草葉の陰から祈りながら、今頃、ヤキモキなさってますわ」

千寿はじっと鶴次郎を見返す。

「ほんとにそう思われます？」

鶴次郎が深くうなずく。千寿はうっとうめき、やがて両手で顔をおおった。


日が傾きかけたころ、なだやの伝一郎と女房の美也、すみれの森之助と咲が息を切らせてやってきた。麻はなだやとすみれに、さえと千寿が千石屋にいると使いをだしていた。

麻は四人を入口の次の間に案内し、これまでのいきさつを話した。すべてを聞いた美也はうつむいて唇をかんだ。

「おっかさんが梓巫女を頼ったのは寂しかったからですよね。子どもたちに一軒ずつ店を渡してやりたいと思うあまり、うちの人も私も商いに夢中になって。みんなでご飯を食べることも、話すことも笑うこともなくなってしまって。芸者あがりの私をおっかさんは実の娘のようにかわいがってくれたのに」

森之助は深いため息をついた。

「おとっつぁんを呼び出していたとは。そんな気がしていました。呼び出せるものなら私だって、おとっつぁんともう一度会いたい。でも残されたものはそこで踏ん張っていきるしかない。生きて花実を咲かせねば死んだ人に申し訳ない。そう教えてくれたのは大女将なのに」

寂しさは毒のようなものかもしれない。うまく対処しなければ、自分の中に深く沈み込み、じわじわ広がり、自分をも食い尽くしていく。

何とか折り合いをつけ、寂しさや悲しみにけりをつけたつもりでも、押し込めていたものがふとした拍子にあふれ出てくることもある。

家族がそこにいるのに、関わりなく暮らすのは辛い。生きている実感が薄らぎ、迷子になったような不安で息が詰まりそうになることだってあるだろう。

息子が自分より早くこの世を去ったら、麻だって自分を責めたくなってしまうかもしれない。

麻は顔を寄せ、それぞれの夫婦にひとことずつ伝えた。

千寿とさえは、それぞれ孫夫婦と息子と嫁が迎えに来たことに驚いて目をみはった。

森之助は梓巫女のことには触れず、「そろそろ家に帰ろうよ」と千寿にいった。美也は「おかあさん、一緒に帰ってくださいな」と手をさしだした。

二日ばかりした朝、千寿とさえが菓子折りを携えて千石屋にやってきた。

「先日はすっかりご馳走になり、……お麻さんの夢見を相談されたのに、そのままにして帰ってしまったのも気になっておりまして」

「その後、いかがですか。続いていますの？　京太郎さんの夢」

ふたりは次々にたずねた。

その様子から、ふたりは困っている人を見れば追いかけていっても面倒を見ずにはいられない世話好きだということが改めて伝わってきた。

だからこそ、千寿は息子夫婦を失ったのは自分のせいだとおのれを責め、さえは犬のシロと自分が互いに必要とし必要とされたときが懐かしくてたまらなかったのだろう。

「それが……おふたりがいらした晩、久しぶりによく眠れたんです。そして明け方、笑顔の京太郎が夢に出てきてくれました」

麻は膝の上に両手を重ねていった。実はこれは嘘偽りのない本当のことだった。

正直いえば、梓巫女の家に入り込むために、息子の京太郎をだしに使ってしまったことを、麻は少しばかり悔いていた。

言霊というものがある。京太郎が苦しんでいる夢を見たといったのが災いして京太郎に凶事が起きたら申し訳ないと、麻は胸が痛かった。

ふたりが帰った晩、神棚と仏壇に向かって手を合わせ、京太郎の無事を神様仏様に一心に願った。床に入ってからも、笑顔の京太郎を思い出し続けた。

夢に楽し気な京太郎が登場したのはそのせいかもしれない。

千寿とさえは顔を見合わせ、身をのりだす。

「やはり桜蘭さまのところに行かれたのがよかったのかしら？」

「そうだとしたら……」

麻はあわてていい添える。

「夢の中の京太郎は、おいらともおれともいっておりませんでしたのよ」

ふたりの肩がふ～っと下がった。

「そのうえ、昨日、上方からきた樽廻船の船頭が京太郎と会ったそうで、話を聞いたら、あんじょうやっているようでございましてな。お麻も、わても胸をなでおろしたところだす。よかったなあ、お麻」

鶴次郎が、麻の膝をぽんとたたく。これまた本当のことだ。

「ええ。胸のつかえがやっととれました」

「京太郎が心配なら、京太郎を知っている人に聞けばええ。それでも不安なら、思い切ってふたりで大坂に様子を見に行けばええ。今はそないに話しております」

鶴次郎と麻はうなずきあった。

その後、ふたりとも桜蘭のところには行っていないという。

「……でも桜蘭さまが騙りだったとは信じられないという思いも残っていて……」

「桜蘭さまの顔を見られないのが寂しいような気もして」

どこか途方に暮れているような顔でふたりはいった。

そのとき、奥から菊の「いやだ、うっかり忘れてた。……ご飯ですよ」という声が聞こえた。縁側で寝ていた猫たちはむっくり立ち上がり、早足で奥に向かっていく。

「猫も、ご飯という言葉はわかるんですね」

「ご飯という言葉だけは真っ先に覚えましたわ」

鶴次郎はさえに笑って応える。

さえが顔を上げた。

「あの翌朝から、伝一郎と美也と一緒にご飯を食べるようになったんです。私は今まで通り、ひとりで食べるっていったのに。伝一郎が早食いでせわしなくて、私、一緒に食べるの、いやなんですよ。朝昼晩、ご飯のたびに顔をあわせるのもうっとうしいし。でも美也が三人で食べなきゃダメだって突然言い出して」

「商いをしていると、早飯になりますさかいな。わても、お麻にときどき叱られとります」

鶴次郎が鼻の下をこすった。

「そのうえ、昨日は美也が立ち飲み屋の仕入れに私を連れ出して、ずいぶん歩かされたんですよ。美也ったら、お天気がよい日はご一緒してくださいって。年寄りを毎日歩かせるつもりって私がいったら、はい、元気でいてほしいからって」

「いいお嫁さんじゃないですか」

「ご飯をみんなで食べる」「さえと毎日歩く」は、麻が美也にすすめたことだった。

「美也は妙に張り切っていて。でも、私が美也の歩く速さに合わせなくてはならないから大変。シロは私を振り返り振り返り、私がちゃんと歩いているかどうか確かめながら歩いてくれたのに」

言葉とは裏腹に、さえはまんざらでもなさそうに肩をすくめた。千寿が口をはさむ。

「私もちょっと大変なことになっちゃったの。あの晩、こういう機会だからいわしてもらうけどって、家に帰ったとたんに森之助が切り出して」

――大女将、もう一度、店を手伝ってもらえませんか。子守りがいるといっても、咲は赤ん坊の世話もあって、店番をひとりでやるのは骨が折れる。大女将に昼から店にでてもらえれば咲も助かる。

そういって森之助と咲が手をついたのだという。

「看板娘ならぬ看板婆なんて流行らないっていったんだけど、誰に手伝ってもらうより、大女将がいいと、おとっつぁんも思ってるはずだ、なんて安助を持ち出すんだもの」

「じゃ、看板婆やるの？　お千寿さん」

千寿は困ったような表情で、さえにこくんとうなずいた。

これも麻が森之助にすすめたことだった。

千寿は老いたりといえど、意欲も体力も衰えていない。客あしらいもお手のものだ。見た目も品よく、その年齢なりの美しさがある。

何より店は、千寿と安助との間をつなぐものでもあった。

「安助を持ち出されたら、しょうがないもの。早速昨日から店に出ているの。それでまず、滝二を出入り禁止にすることにしましたよ。私もおさえさんも滝二に取り入られて、連れていかれた口だもの」

「背負い小間物屋はいろんなお宅を回るさかい、これはという人を見つけるのにぴったりだったんやろな」

鶴次郎がつぶやくと、千寿がいかにも悔しそうな顔になった。

「まったくとんでもないことをしでかしてくれたもんですよ。抱えではないにしろ、うちの店の品物を売りながら滝二が人をだましていたと思うと、肝がやけてやけて。金輪際、うちから品物は卸させません。人が汗水たらして稼いだ金を、だまして奪おうなんて。そんなことをしていたら、しまいには伝馬町《てんまちょう》送りだっていうのに」

それからふたりは歩きすぎてふくらはぎが痛いだの、店の品物の種類が増えていて覚えるのが大変だの、愚痴めいたことをいいあった。

鶴次郎が麻の耳元でささやく。

「ふたりとも盛大に口説《くど》きまくってますな」

「素直じゃないのよ。照れかくしに文句いっちゃって。ほんとは嬉しいくせに」

鶴次郎と麻は顔を見合わせて笑った。

しばらくすると、千寿は店番があるからと帰り支度を始めた。

「私も失礼するわ。美也が仕入れにいく時刻だから」

お辞儀をして立ち上がったさえの腕を千寿がぽんとたたいて、苦笑した。

「お互い、ひどく散財しちまったね」

「ほんとにねぇ。財布がずいぶん軽くなっちまった」

「ここで止《や》められてよかったよ」

「そう思うしかないね、今となっちゃ」

眉尻をぐっとさげて、ふたりは力なく笑った。

翌日、千寿から「猫まきびし」が五個、届いた。鈴と綿を詰めた三角形のころんとした猫のおもちゃだ。投げると茶々とこげ太が走って追いかける。角を口にくわえ、振り回し放り投げたりもする。「また店に遊びに来てください」という千寿の文が入っていた。

千寿と森之助と咲の三人は滝二が顔を出したら出入り禁止をいい渡そうとしびれを切らせつつ、待っていたが、やがて、桜蘭と滝二が家を引き払ったというううわさが聞こえてきた。あれほど熱心に通っていた千寿とさえがあの日以来、うんともすんとも言ってこないことから、ぬかりがあったと気づいたのかもしれない。

千寿もさえも、桜蘭と滝二を訴えることはしなかった。めったやたらに訴えでもしたら商売に差し支える。だがふたりはつきものがとれたように、元気を取り戻した。その上、千寿とさえは茶のみ友達になり、ときには酒も楽しんでいるらしかった。

霜月《しもつき》に入り、空が高くなっている。

第三章　大根尽くし

その朝、麻が着替えていると、菊が猫の足跡がついた廊下を二度目の雑巾がけをしながらいった。

「本日のお茶席は本田《ほんだ》さまでしたか」

麻は腰ひもを結びながらうなずいた。

「先月の亥《い》の日の『炉開き』にもお招きいただきましたよね。それはわかるとして、今月のお茶会にもお客によばれるとは、お嬢さまが」

桶で雑巾をゆすぎながら、菊がつぶやく。お嬢さまが、の中に小さな刺《とげ》が含まれていたが、麻はとりあえず素直にうなずいた。

「今日は朔風《さくふう》の会ですって」

「朔風の会？」

「北風が吹く季節でも、いつも通り過ごしてまいりましょうって意味だそうよ」

「はじめて聞きました。霜月《しもつき》らしい枯淡《こたん》の趣《おもむき》の会でございますね」

炉開きは、風炉《ふろ》（畳の上に置く、中に炭を入れたもの）に釜をかけるのをやめ、茶室の炉（小さな囲炉裏）を開く、茶道の大切な行事である。炉開きを行う神無月《かんなづき》こと十月は茶人の正月ともいわれる。茶室を持つ家では炉開きの会が開かれ、茶道の大御所からぺいぺいの新入り弟子までが参加する。

娘時代からお茶を習っていた麻は今年も、本田家の炉開きをはじめ、知り合いの茶会を掛け持ちした。

一方、師走《しわす》には、夕方頃から始まる「夜咄《よばなし》の茶事」やら、忙しいからこそ一息つこうという「歳暮の茶」が開かれる。

だが、二つの月に挟まれたこの霜月に、改まった茶席が設けられることはあまりなかった。

「本田さまのお姑さんが茶人でいらっしゃるから、毎月、律儀《りちぎ》にお茶会を開いてるのよ」

「その本田さまがなぜ、いかにも通好みのその会に、お嬢さまをお客に選んだんでしょう」

話が元に戻った。菊の言い草はひっかかるが、麻は今度も聞き流すことにした。

「朔風の会に招いていたお客さまがおふたり、よんどころない用事ができたそうなの。それで急に私にお鉢がまわってきて、美園ちゃんといくことになったの」

昨日、本田家の嫁・静香《しずか》が訪ねてきたのだ。

――もし明日お暇なら、お茶会にいらしていただけません？　できたらどなたかお友達とふたりでいらしていただけたら、本当に助かるんだけど。

せっかく入念に準備をしたのにと顔を曇らせた静香が気の毒で、麻は「伺いますわ」と胸をたたき、ついでに親友の美園も誘おうといい、ふたりで瀬戸物町にある美園の店・薫寿にまで足を延ばしたのだった。

「お嬢さまと美園さんは人数合わせ……なるほど。合点でございます」

さすがにむっとして麻はつんと顎をあげた。だが菊は頓着しない。

「お茶会を開くのは、準備から含めて本当に大変ですものね」

「そりゃそうよ。お道具から掛け軸、お花、お料理、お菓子まで選び抜かなくちゃならないし、ひとつでも気を抜いたら、うるさ型にあんなお茶席を開くなんてっていわれるし。静香さんは偉いわよ。お姑さんがお茶の先生をなさっているから、毎月毎月、お客様を招いてお茶会をやって……あの家に嫁いだ時からこういう運命だったのね」

「お嬢さまの代になってからこの家でお茶会を催すこともとんとなくなってしまいましたから」

母の八千代が現役の時は、炉開きと初釜など茶会を開いていたのだ。

「人には向き不向きがありますから。私は、お茶席は出るだけでいいの。お茶とお料理はおいしいし、心が静まるし」

「餅は餅屋ということですね」

それをいうなら、適材適所、あるいは量才録用《りょうさいろくよう》だろうと言いかけて、麻はやめた。菊に言い返してろくなことにはならない。

麻は染め抜きの一つ紋が入った藤色の色無地の着物に、銀の地色に白と藤色で吉祥文様の亀甲を織りあげた唐織の帯を締めた。それから唇に紅を塗った。

お茶席では抹茶碗につかないように紅をささない人がほとんどだが、やはり塗らずにはいられない。そのかわり、懐紙でしっかりと紅を押さえた。

「そうそう、お酒、飲み過ぎないようになさってくださいよ」

「お茶席で酔っぱらう人なんていないわよ」

「ですからお気をつけて」

毎度毎度くどいにもほどがあると、麻の口がとんがった。

行先は本郷《ほんごう》だった。本日炉開きを催す旗本・本田与左衛門《よざえもん》の家は、水戸《みと》さまの屋敷の先、根津権現のすぐ近くにあった。

静香はやはり旗本の娘で、麻の二つ上である。娘時代からしっかりものだった。何をやらせてもそつがなく、お茶のお師匠さんのお気に入りだった。

お正客は静香の姑の友人で旗本の奥さま・市原和枝《いちはらかずえ》だが、旗本に嫁いだ山崎八重《やまざきやえ》、与《よ》力《りき》の御新造さまとなった佐竹恵美《さたけえみ》も招かれていた。急用ができたというふたりは姑の仲間だったらしく、姑と和枝は眉を顰《ひそ》めながら「旦那様が風邪をひいた」とか「本人が転んで腰を痛めた」だの不景気な話をしている。

美園はぎりぎりにやってきた。店の仕事を終え、すっ飛んできたという。

「あ～お腹がすいた。何をいただけるか楽しみね、お麻ちゃん」

「私もお腹ぺこぺこ」

ふたりの狙いは料理とお菓子だ。

だが山崎八重が時刻になってもやってこない。生真面目《きまじめ》な八重が、人を待たせるなんて珍しいことだった。

茶室の前に置かれた待合の腰掛に座った姑の香澄《かすみ》の眉間に縦皺が刻まれ、いらついているのが傍目《はため》にもわかった。

「どうしたことでしょう」

「連絡はございませんの？」

「なんにも。使いの者でもよこしてくれれば事情もわかりますのに。これでは皆目……」

香澄と和枝は不満げに顔を見合わせた。みながそろわなければ待合から茶室に入るわけにもいかない。

「申し訳ございません。もうしばらくお待ちくださいませ」

友人の失策は自分の責任とばかり、静香は平身低頭でふたりをなだめた。

その姿を見ながら、麻は美園に小声でいう。

「大変ねぇ、嫁って」

「どこんちでもこんなもんよ、お武家だって商家だって」

「美園ちゃんとこは違うんじゃないの？」

「うちのお姑さんだって、強いわよ。薫寿の大女将だもの。私なんかとてもかなわないわ。客商売だから、人前ではそうは見せないって芸があるだけで」

「まさか美園ちゃんもお姑さんの前ではしおらしくしているの？」

「まさかって何よ。まあ、しおらしくってほどでもないけど、そのほうが面倒が少ないからね。家付き娘にはわからない苦労よ」

麻は、はあとうなずくしかない。

しばらくして八重が現れた。目が泣いた後のように赤くなっている。

麻は八重に駆け寄ると小さな声で尋ねた。

「何かあったの？」

だが、八重は「ちょっと」と口を濁し、静香と姑の香澄、和枝に「大変失礼いたしました」と深々と頭を下げた。

香澄は一瞬、冷たい目を向けたが、静香は感じよく八重を招き入れる。

「お気になさらず、さ、どうぞ」

床には「経霜楓葉紅」の軸がかけられ、炉には炭がおこっていて、部屋全体がいい具合に暖まっていた。軸の言葉は、楓《かえで》の葉は霜に会い、はじめて真っ赤に紅葉するという意味だ。人も苦労を克服してこそ人生の深みを知り豊かさを増していくというありがたい言葉である。

お正客の和枝、八重、恵美、麻、美園、姑の香澄の順に座った。

お正客は主賓であり、茶室に最初に入り、茶会の進行を手助けする。最後の席は、お詰めさんといわれ、菓子をとった皿や回ってきた濃茶などの後始末をするので、こちらも慣れている人でなくてはならなかった。不慣れな麻たち若手にまかせて不手際《ふてぎわ》が生じるよりはと香澄が自ら務めることにしたのだろう。

最後に静香が茶道口を開けて茶室に入ってきて、挨拶をする。

「本日はお忙しいところ、そしてお寒い中、お運びいただき、ありがとうございます」

まずは「折敷《おしき》」と呼ばれる、脚の付いていない膳が、ひとりひとりの前に運ばれた。

次いで刺身などが盛られた「向付」、味噌汁が入った「汁椀」、そしてご飯の「飯碗」が折敷の上に並べられる。

「ご相伴を」

正客の和枝の声で、お客一同が挨拶を交わし、飯碗の蓋を取った。その蓋の上に汁椀の蓋を伏せて重ね、折敷の右脇へ置く。

静香が銚子と人数分の盃を持ってきて、正客の和枝から順に酒を勧める。

茶事では、酒が出ると、向付に箸を付けていただくという運びである。

さらに「煮物椀」、「焼物」、「炊き合わせ」と続いた。

焼物のマナガツオは美しい織部《おりべ》の鉢に盛り付けられ、青竹の取り箸が添えられ、見た目も申し分なく美しいうえ、ほっぺたが落ちそうなほど美味だった。

一品ごとに、満たされる盃を、麻はくいくいとあけた。

椎茸《しいたけ》と厚揚の炊き合わせも絶品で、八寸、香の物まで食べ終えると、最後の主菓子である。

主菓子は、小豆あんと甘露煮の栗を透明なわらび餅で包んだ「栗衣《ころも》」だった。

一度、茶席から待合に出て、再び茶席に入ると床の間の軸が外され、白玉椿がすっきりと、伊賀《いが》焼の花入れに投げ入れられていた。

濃茶、続いて薄茶をいただき、亭主の静香が挨拶をする。

「いかがでございましたか」

「たいへんおいしゅうございました」

正客の和枝が応じ、麻たちも返礼して、あとはお道具拝見となった。

茶席が終われば、少しおしゃべりをするものなのだが、その日、八重は「所用がございましてお先に失礼いたします」といい、そそくさと帰っていった。麻が声をかける間もなかった。

「素晴らしいお茶会でした。さすがだわ、静香さん」

美園が目を輝かせてたたえれば、恵美が続ける。

「お点前《てまえ》に緩急があり、とっても美しかった」

「ほめすぎよ。でもほんとにうれしい。昨日の晩は、心配でよく眠れなかったの」

ようやく緊張がとけたように、静香がほほ笑む。静香は麻に向き直ると、いたずらっぽい目をした。

「お麻ちゃん、お酒の銘柄なんだったか、わかる?」

「剣菱《けんびし》でしょ」

「あたり!」

「きりっとした味わいの上物。おいしかったわ。お料理もお茶もお菓子も全部」

「そういってもらってほっとした、がんばったかいがあったわ。突然、お誘いしたのに心よくいらしてくださってありがとうね。今日はよく眠れそうよ」

静香は晴れ晴れといった。

帰りの駕籠にのる前に、美園が麻にそっとささやいた。

「八重さん、どうしたのかしらね。あの人がお菓子を取り落として畳の上に転がすなんて、びっくりしちゃった。……なにか気になっていることがあったのかしら」

麻もそのことに気づいていた。何事にも手堅い八重が、取り箸でつかんだマナガツオを落としかけたことも。それに八重は今日、一度も笑っていなかった。


帰宅して普段着に着替えると、西の空が赤くなっていた。

子猫たちが庭で遊んでいる。雀を見据え、体を丸くして身構えては飛びつこうとしているのだ。捕まるようなうかつな雀はまだいないが、子猫たちは真剣だ。

「ああやって狩りの稽古をしているんですね。そのうちきっと鼠や雀をとってくるようになりますよ」

菊が麻に湯吞をさしだしながらいう。

「猫だからねぇ」

「飼い主に、自分がとった血まみれの雀や鼠を見せて自慢する猫もいるそうですよ」

「いやなこと言わないでよ」

「本当の話ですから。でも、このあたりに金魚を飼っている家がなかったのは幸いでした。よそんちの魚をくわえて帰ってきたら大事ですから」

一時ほどではないが、江戸では今も金魚に凝っている人が大勢いる。

金魚といえば、鮒《ふな》のような形で、丈夫な和金がよく知られているが、背びれがなく、丸い頭をしたランチュウ、目が左右に飛び出た出目金など、変わったものが珍重される。

金魚は鉢にいれ、上から眺めるので、目が上についたものや、ゆったり泳ぐ胴が丸いものが趣味人には人気なのだ。

「昔、ちょっとした事件があったんですよ。鉢に金網の蓋をかけるのを忘れたせいで、あるお屋敷の、頭にこぶがついたランチュウがどこやらの猫か烏にとられて大騒ぎになったんです。その金魚、二両もしたんだそうですよ」

「二両！　べらぼうな値段ね」

「私の一年分の給金と同じです」

口にしてから気まずさを覚えたのか、菊はあわてて続ける。

「給金が一両というお宅もありますから、こちらさまからはたくさんいただいてありがたいと思っているんですよ。でも……金魚一匹に、私の一年分の給金なんてねえ。……それで金網をかけるのを忘れたとされた女中が責められて、首をくくりかけたんです。大川《おおかわ》端の柳原《やなぎわら》の土手の木の枝にしごきをかけたところを助けられて、ことなきを得たらしいんですけど」

そのときベリッと小さな音がした。音がしたほうを見ると、障子から子猫の手がちろりと覗いていた。

「また、破いた！　いけないって言ってるのに」

菊が立ち上がるや、子猫が脱兎《だっと》のごとく逃げていく。それを菊が追いかける。

子猫にとって、菊とのこのやりとりは、楽しい鬼ごっこのようなものではないのか。二匹がこのごろ、菊の足元に体をすり寄せて、甘えた声をだしているのが何よりの証拠のような気がした。

二日ほどして、外出から戻ってきた鶴次郎が店からまっすぐ奥に駆けてきた。

「お帰りなさいませ。こげ太も茶々もいい子にしてましたよ」

鶴次郎の袖なしの綿入れを作っていた麻は、手をとめていった。

袖なしの綿入れは、羽織や法被《はっぴ》の下に着るものだ。

綿入れを野暮だと嫌い、いくら寒くても薄着で通し、いなせを気取る江戸っ子も多い。真冬に素肌に着物一枚で通し、年中風邪っぴきのお調子者も少なくない。

だが、上方育ちの鶴次郎は、江戸流のやせ我慢とは無縁だった。寒ければ躊躇《ちゅうちょ》なく着こむ。冬は綿入れを手放さない。背が高く、姿勢がいいので、綿入れを着ても、じじむさくもならない。

麻は縫物が得意ではないものの、鶴次郎の綿入れは菊まかせにしたくないと針を持っていたのである。麻の腕では縫えるのは浴衣《ゆかた》くらいで、綿入れは大物だった。

「上野の山崎さまってお旗本、お麻の友だちの家とちゃうか？」

「ええ。この間も、お茶席でその八重さんとご一緒でしたよ」

八重の家は上野山のふもとにあり、不忍池《しのばずのいけ》にほど近い。

すとんと鶴次郎が座り、あぐらをかいた。油が切れたような表情をしている。

「あそこの女中がさっき、身投げしかけた」

麻はぽかんと口を開け鶴次郎の顔をみつめた。

「な、なんですって。え、どうしてまた？　死んじゃったんですか」

「いやいや、無事や。わてがとっさに止めたさかい」

永代橋《えいたいばし》の真ん中で、その女中がぼ〜っと海のほうを見ていたのだという。

政吉と永代橋を渡りかけた時から、鶴次郎はその女中の様子がおかしいと思った。

舟の行き来を面白がって見ているわけでもない。海と空の先を見つめているようで、いやな予感がした。

そして鶴次郎が永代橋の中央まで進んだとき、女中はいきなり欄干《らんかん》に手をかけ、川に身をのりだしたという。

「何をしてはる、ゆうて、大慌てで羽交い締めにしてひっぱり下ろしたんや。……見てみい。この腕の傷」

「ひっかかれたんですの？　わあ、ひどい」

袖をまくると、見事なミミズ腫れが肘から掌にかけて二本、走っていた。

「ああいうとき、女もとんでもない力をだすもんやな。わても川に引きずり込まれるかと思うたで。政吉も加勢してくれて、ふたりでなんとかその、女中のお律《りつ》さんとやらを欄干から引きずりおろしたんやが、それでも気がおさまらんで大騒ぎや」

――もう生きていられません、どうぞ死なせてください。やめて。触らないで。近寄らないで。放っといてください。

女中は泣きわめきながら、何度も欄干にすがりつこうとした。そのたびに、鶴次郎と政吉は、女中を欄干から引き離した。

「岡っ引きの竹市さんたちがくるまで、こっちも生きた心地がせんかったわ」

「このひっかき傷、あとにならなきゃいいけど。いくら八重さんのところの女中でも、私の大事な旦那さまにこんな怪我させるなんてもう……」

「傷は日がたてばなおりますがな。でも死んでしまったら戻ってこられへん」

麻はぬるま湯を入れた桶を持ってくると、傷を洗い、丁寧に膏薬《こうやく》を塗った。

「でも、なんで八重さんのところの女中が身投げなんか……」

「それが口を閉じて、語らんのや」

菊が茶の間に入ってきた。湯呑をふたりの前におくと、菊は麻の後ろに座った。ちゃっかり自分の湯呑を手にしている。

「色恋かしらね」

麻が頬に手をあてた。鶴次郎が首をかしげる。

「四十近い女やったで。男っ気もあるようでなし」

「だからって、ないとは限らないでしょ。おたふく風邪は後からかかると重いっていうし」

「お麻もいいますな」

「もののたとえです……でも真っ昼間から死のうとするなんて、あるかしら」

「めったにある話ではございませんね」

即座に菊が首をふった。菊は膝を乗り出して続ける。

「男なら話はわかります。恋にやぶれて、うまくいく目がなくなっても、いつまでもしつこく相手の女を崇《あが》め続けるのが男というものですから。でも女は違います。ふられたり捨てられたりしても、そりゃしばらくの間はがっかりして落ち込みもしますけど、失意のあまり死んだなんて話、聞いたことはございません」

「歌舞伎にはそういう話がぎょうさんありまっせ」

「しょせん男の作り話ですから」

菊はすました顔でお茶を飲む。

「確かにねえ。じゃ、なんで死のうとしたのかしら」

「なんでやろな」

菊は立ち上がり、お勝手に向かうと、またすぐに盆をもって戻ってきて、ふたりの前に小鉢をおいた。

「旦那さま、甘いもの、いかがですか。お疲れのときにはお砂糖が薬ですから」

小鉢に入っていたのは、栗の渋皮煮だった。鶴次郎は甘いものに目がない。

「わて、お菊さんの渋皮煮、大好きや」

菊と麻が顔を見合わせて苦笑する。

「これ、お嬢さまが作ったんですよ、旦那さまのために」

「そうなんか。お麻の渋皮煮は一等好きや」

悪びれず、調子よくいって鶴次郎は小鉢を手にとった。これだから鶴次郎のことは憎めないのだと、麻はくすっと笑ってしまう。

渋皮煮は、栗の渋皮に傷が付かないように鬼皮をむき、表面の筋を竹串で取り除き、何度もゆでこぼしてあくを抜かなくてはならない。

目を細め、いかにもおいしそうに食べる鶴次郎の様子を見て、麻は手間をかけたかいがあったと小さく肩をすくめた。

渋皮煮はねっとりしっとりしていて、甘みの中にほんのりほろ苦さが混じっていて味わいが深かった。鶴次郎は甘い汁まで飲み干し、「ご馳走さん」と手を合わせた。

麻はその横顔を見ながらつぶやいた。

「ひっかき傷、顔じゃなくてよかったわ。いい男の顔に傷がついたら悔しいもの」

いい男といわれて、鶴次郎の顔がにやけている。

——殿方を喜ばせようと思ったら、まず顔をほめることです。たいていの男はこれでコロッといきます。

いつかの菊の言葉がよみがえる。菊は出戻りで、その後、浮いたうわさがあったわけではないようなのに、男と女に関して一家言あり、それがいちいち的を射ている。

振り返ると菊は何食わぬ顔で、麻が作った栗の渋皮煮を大口を開けて食べていた。

翌日の昼過ぎ、八重が菓子折りを抱え、神妙な面持《おもも》ちで千石屋にやってきた。藍の江戸小紋に、菊尽くしの瑠璃色の帯をゆったりと締めている。

八重は店で鶴次郎を見るなり、唇を引き締め、ひどく緊張した面持ちになった。

「昨日は女中頭のお律が旦那さまにお世話になりまして、ご迷惑をおかけいたしました。まさかお助けくださったのが、お麻ちゃんの旦那さまとは」

前もってちゃんと用意してきた文章なのだろう。赤い顔で、八重はひとことひとこと絞り出すようにいう。

それをさえぎるように、麻はその手をとった。

「ちょっとお茶を飲んでいってよ。お酒がいいなら、一本つけるわよ」

「……お麻ちゃんったら。ちゃんとご挨拶しようとしているのに」

「そんな水臭い。とにかく、中に入って」

奥の座敷に通すと、八重は改めて手をつき、菓子折りを差し出した。

八重は同心の娘で、八丁堀《はっちょうぼり》小町といわれていたほどの美人である。色白で鼻筋が通っていて、鈴をはったような大きな目、ふっくらした唇と、とても三十路《みそじ》にはみえない。

だが八重は、子どものころ、麻と並ぶ人見知りだった。いや、麻に輪をかけて八重は恥ずかしがり屋だった。

何事にも熱心に取り組む努力家なのに、八重は人前で目立ったりしゃべったりするのがひどく不得手だった。お師匠さんから名前を呼ばれただけでうつむいてしまう。「お返事は、はいでしょう」とお師匠さんがいったりしたら、顔は赤らみ、わなわなと唇は震え、泣き出すことさえあった。

——ちゃんと話をしようと思っても、胸がどきどきして声がでないの。こんなんじゃいけないと思うと、こめかみのあたりまでバクバクし始めて、よけいに喉が詰まってしまうの。そうこうしているうちに何をいえばいいのか、わからなくなって、変なことを口走って、嫌われたらどうしよう。これをしておかしな娘だと思われたらどうしようって、身の置き所が見つからなくなってしまうの。

八重が麻にそう打ち明けたのは確か十歳のころだ。

年頃になってもそれは変わらなかった。町で「あの娘が八丁堀小町よ」「きれいねぇ」というささやきが耳に入れば、八重は耳まで赤くして、顔をふせて足早に歩き去る。

十五歳になったとき、このままでは嫁入りもできないと悩んだ親が、医者に連れていき、深呼吸の稽古をするようになった。

そのころ紅と出会い、恥ずかしがりを克服した麻は、こっそり八重にも紅を塗るように勧めたのだが、八重が目を輝かせたのは白粉だった。

——これを塗れば顔の赤みが目立たなくなるかもしれない。

以来、八重は常にうっすらと白粉を塗り、だんだんに顔をあげられるようになっていったのだった。

それからも初対面の人と話すとき、八重が口ごもることはあった。ほんのり目の周りや頬に赤みがさしていることもあった。けれど、日常に支障が出るほどのことは少しずつ少なくなっていった。

美貌に加え、恥じらう姿が女らしいと、年頃になると縁談話は引きも切らなかったらしい。

旗本の大家である山崎家への嫁入りは玉の輿《こし》と騒がれもした。同心は町人には人気があるが、咎人《とがにん》と相対するため陰では不浄役人と呼ばれ、身分は足軽《あしがる》階級だったからだ。だが、山崎家の嫡男の龍一郎《りゅういちろう》は八重に一目ぼれし、身分の差を超えて嫁に迎えた。一男二女をもうけた今も龍一郎は八重にめろめろだと評判である。ただ姑は、万事に口やかましいことでも知られていて、いいことずくめというわけでもないらしい。

「しかしすごい力だしたな。女でも必死になるとあれほどの力が出るとは。あわやわても川に落ちそうになり、往生しましたで」

鶴次郎も店から奥に戻ってきて、ミミズ腫れになったほうの腕をさすりながら、笑いを誘おうと少しばかり大げさにいった。

だが相手は八重である。鶴次郎の思惑とは逆に、八重ははた目にもわかるほど恐縮して、畳に額をすりつけた。

「お恥ずかしいことでございます。鶴次郎さまがご無事で何よりでございました」

「いや、いや。どうぞ顔をあげとくれやす。冗談ですがな」

あわてて鶴次郎がとりなしたが、ようやく顔をあげた八重は、今にも泣きそうな表情をしていた。

昨日、番屋に連れていかれた女中頭の律を引き取りに行ったのも、八重だったという。

「八重さんが一人で行ったの？　行けたの？」

「ええ……お義母上が行くようにとおっしゃったものだから」

「強くなったわねぇ」

「……やるしかないから。逃げられないから」

ぽろっと八重がひとりごとのようにつぶやく。

番屋にいたのは実父の後輩の同心だったと続けた。こともあろうに、八重が縁談を断った男の一人だった。

——山崎家では奉公人にどういうしつけをなさっているのでござるか。二度とこのようなことのないように、目を光らせていただかないと、お旗本とはいえ、江戸の笑いものになりかねませんぞ。

「……頭ごなしにいわれてしまって」

「いやみたっぷり」

「もうばつが悪くて……涙をこらえるのに必死だった」

「よくがんばったわよ。それができるようになったなんてたいしたもんよ」

麻に力づけられ、八重は思わず頬をゆるめた。

口紅と白粉。八重にとって、麻は同じ悩みを持ち、安心して自分の弱みをさらすことができる心許せる友でもある。

「それにしてもなんで女中頭が身投げなんぞ……いや、話したくなければええんです。よほどのことがあったんやろなと、思いましてな」

洟をすすった八重に、鶴次郎がさくっとたずねた。

八重は畳の目を見つめていたが、やがて顔をあげ、形のいい唇をおずおずと開いた。

「実は山崎の父は、庭の池に五十四の鯉を育てておりまして」

「鯉？」

「錦鯉です。義父の道楽、いえ、隠居してからの生きがいなんです。それはそれは大切にしておりまして」

錦鯉は、色や模様が美しい観賞用の鯉である。錦鯉をめでる人は少なくない。鯉は立身出世を表す縁起のいい魚でもあった。

義父・寅之助《とらのすけ》は、かつて新潟《にいがた》奉行として赴任したことがあったという。天保十四年（一八四三年）に天領となった新潟には、北前船の泊地でもある大きな港がある。

新潟奉行の主な役務は、海の要衝である港の出入船舶の監視、密貿易の取り締まり、海岸警備、海防強化だった。

「その折に、出入りの商人に錦鯉を贈られて、たちまち虜《とりこ》になったのだそうです。なんでも新潟の近くにある山古志《やまこし》というところが、錦鯉が生まれた土地だとかで」

嫡男の龍一郎に家督を譲り、隠居すると、寅之助の日常は錦鯉一色となった。

珍しい錦鯉が売られていると聞けばどこまででも出かけていく。同好の士と品評会を催し、育て方の研究会を開き、今や江戸の錦鯉の収集家の間では、寅之助は知る人ぞ知る存在であるという。

「その錦鯉が少なくなっていると気づいたのは、静香さんのお茶会の朝でした」

「あの日？　ああ、それで遅くなったのね。でも少なくなったって？」

八重が頬をこわばらせた。

「いなくなっていたんです、五匹ほど」

「池の中の鯉でっしゃろ。ようわかりましたな」

鶴次郎があごをなでながら首をひねった。

「わかるんです。錦鯉は一匹一匹、柄が違っています。ひとつとして同じ色、形のものはありませんので」

とはいえ、池の中の鯉を瞬時に識別するのは簡単なことではなさそうに思える。何度かまばたきを繰り返した麻に気づいたように、八重はいった。

「なくなった中に、お義父上が大切にしておられた丹頂《たんちょう》がいたんです」

「丹頂？」

八重は親指と人差し指をあわせて丸を作り、頭のてっぺんにのせた。そんなしぐさを八重がしてみせるのは、その場にいる鶴次郎に気を許し始めたからかもしれない。

「体は真っ白、頭にこんな丸い緋斑があるんですよ」

「丹頂鶴みたいだから丹頂なんやな」

「ええ。餌やりをしていた義父が血相を変えて、探しに探し、数も数え、丹頂だけでなく全部で五匹減っているとわかったんです。もうお茶席どころじゃなく、欠席するという使いをだそうとしたんですけれど、本田さまと山崎の父はおつきあいもありますので、とりあえず行ってくるように義母にいわれて……お茶席に、若輩者の私が遅れるなんて、あってはならないことでしょう。本田の大奥さまは怒っていらっしゃるようでしたし……ずっと気づまりでなりませんでした」

「八重さんが遅れてくるなんてこれまでなかったものねぇ。何かあったんだろうとは思っていたけど、だからあの日、八重さん、元気がなかったんだ」

それからも毎日のように一匹、二匹と鯉は減り続けた。黄金色《こがね》の鯉や真っ白の鯉、紅白の組み合わせが美しい鯉もいなくなった。

「それで責任を感じたのが、女中頭のお律だったんです。お律は鯉の餌づくりや餌やりを手伝っていましたから。鯉がいなくなったことになぜ、自分が真っ先に気づかなかったのか、申し訳ない、お詫《わ》びのしようもないと泣き崩れ……。お律のせいではないとなだめていたつもりでおりましたが、鶴次郎さんに止めていただかなければ、本気で大川に飛び込んでいたでしょう」

「それで今、お律さんは？」

「命を粗末にしてはならんと義父に怒鳴りつけられ、義母にもそなたが死んだら私たちも後生が悪くて生きていられないと懇々《こんこん》と説教され、なんとか落ち着きを取り戻してくれたようでございますが」

麻は、二両もするランチュウを猫か烏にとられ、金魚鉢に金網をかけるのを忘れた女中が首をくくりかけたという話を思い出した。この話はそれと同じ類のものではないか。

「まあ、この子たちったら、泥だらけの足であがってきて」

菊の金切り声が聞こえる。こげ太と茶々が庭から戻ってきたらしく、にゃあにゃあという声が聞こえた。

「お麻ちゃん、猫、飼ってるの？」

「この間、旦那さまが拾ってきて」

「猫、かわいいよね。実家では猫を飼っていたんだ」

八重がぽつりといった。鯉を大切にしている山崎の家では猫はご法度に決まっている。

「鯉も案外かわいいのよ。なつくのよ。池のふちに行くと、わ～っとよってくるの。手から餌を食べる子もいるの。丹頂もそうだったのに……」

麻は身を乗り出した。

「猫や鳥が鯉を捕ったってことはない？」

八重は即座に首を横に振る。

「いいえ。近所にも猫を飼っているお宅はないし……」

「食べ残しの鯉とかを見たことはありまへんか？　かじってほかされていた鯉とか」

鶴次郎がいった。

「庭中、探しましたが、ございませんでした」

「近くに猫の群れが住み着いているとか」

「そんな話は聞いたこともありません」

「足跡を探してみなはりましたか」

八重がうなずく。

「それらしきものの痕跡《こんせき》はなにも見つかりませんでした。タヌキの一家が住んでいたこともあったそうですが、どうやら引っ越したようで。鳥は上野の山にたくさんおりますが、うちの庭に飛んでくることはめったにありません。それに鯉がいなくなるのは夜。鳥は鳥目だし」

「人が盗んだってことはない？　錦鯉って高いんでしょ」

鶴次郎が首をひねる。

「それなら一挙に盗《と》っていくんやないか。毎日ぼちぼち盗っていくなんて、足がつきやすいわ、まだるっこしいわ。日をまたいで盗るとしても、まずは高価な丹頂やら黄金の鯉やら値の張る鯉を持っていくやろ」

八重は深々とため息をついた。

寅之助は二晩続けて、寝ずの番をした。庭を提灯《ちょうちん》で煌々《こうこう》と照らし、どてらを二枚重ねて着込み、襟巻をまき、火鉢を抱いて池を凝視し続けた。

「何度か音がしたといいますが、見に行くと何もいなかったそうでございます。鯉がはねた音だろうと」

「蛇ってことはない？　蛇はなんでも丸のみするっていうじゃない？」

「食べるかもしれへんけど、どんだけ腹をすかしている蛇や」

「たしかにねぇ」

今朝数えたら、鯉は三十二匹にまで減っていた。寅之助は、冬の夜を外で明かしたせいで風邪をひいて、今は寝込んでいるという。

「気落ちして食欲もなくて……もしかしたら天狗《てんぐ》が盗っていったのではないかと言い出す奉公人もいて」

「天狗が？　ちまちま錦鯉を盗る天狗なんて聞いたことがないわ」

「でも手がかりがないんですもの」

「鯉が自分で歩いていくわけもなし。何かが、誰かが盗っていったんだろうけど」

麻は紅を塗った唇を引き締め、考え込んだ。

猫でも烏でも蛇でも、盗人でもない。ほかに鯉をとるのは何か。

そんな麻を鶴次郎がにやにやしながら見ていた。

「麻のその顔、気になってはりますな。そこが麻のええところや。せや、八重さんちに行って、池を見せてもろたらどうや」

「私が？」

麻は自分の鼻を指さして、八重と顔を見合わせた。

「何も思いつかないのに」

「せやからや。池や庭を見せてもろたら、何かわかるかもしれん。麻は人の気がつかんところに気がつくところがあるから。まあ。何もわからんかっても、もともとやない麻は頰に手をあて考えこんだ。だが旗本の家は、やはり敷居《しきい》が高い。

するとと、八重が身を乗り出した。

「鶴次郎さんの言うとおりだわ。お麻ちゃん、子どものころ、かくれんぼで隠れてた子を見つけるの、うまかったわよね。美園さんが袱紗《ふくさ》をつけ忘れてお点前《てまえ》をしはじめようとしたとき、いち早くお麻ちゃんが気づいて、後ろからすっと差し出してあげたこともあったわ」

そんなどうでもいいことを、八重が覚えていることに驚かされたが、ふたりに背をおされ、麻はむくむくと興味がわいてきた。きれいな錦鯉を見てみたいとも思った。

「行ってきなはれ」

鶴次郎はもう一度いった。

鶴次郎は届いたばかりの剣菱を入れた一升徳利を麻に持たせてくれた。

蔵の前の艀から猪牙舟にのり、昌平橋《しょうへいばし》でおり、不忍池に向かって、八重と並んで歩く。供は例によって政吉である。

か」

不忍池は、かつての入江が後退したときに、取り残されたものだといわれる。上野の山にある寛永寺《かんえいじ》と不忍池は、ふたつで一揃いであった。

徳川家康《とくがわいえやす》・秀忠《ひでただ》・家光《いえみつ》の三代にわたって将軍が重用した天海《てんかい》僧正を開祖として上野の山に建立《こんりゅう》された寛永寺は、江戸城の北東にあたる鬼門を封じ、徳川将軍家を守るための祈禱寺で、京都御所《きょうとごしょ》の鬼門を守った比叡山延暦寺《えんりゃくじ》に対し、「東叡山《とうえいざん》」の名でも呼ばれている。

それにちなみ、不忍池を琵琶湖に見立てて、竹生島《ちくぶじま》になぞらえた中島が作られ、弁天堂が創設されている。冬の不忍池は少々寂しいが、夏は蓮の名所としても知られ、茶屋には、名物の蓮飯を味わいに人々が江戸中から集まってくる。

山崎家は不忍池に注ぐ藍染川《あいぞめがわ》と、上野の山、松平伊豆守《まつだいらいずのかみ》の屋敷にはさまれた土地に建っていた。

白い漆喰塀が目に染みるように美しい。

門は上野の山に面していた。正面の長屋門を見ただけでも、山崎家が大身であることがわかる。

「立派なお宅ねぇ。どきどきしちゃう」

麻はため息をもらした。山崎家を訪ねるのははじめてだった。

「広いことは広いんだけど、池と川に面しているでしょ。水はけがすごく悪いのよ」

八重は同心の家の出なので、麻とふたりのときはくだけた言い方をする。

家臣の住む長屋、当主が家臣や来客と対面し、用人などが詰める表御殿、奥方が住む奥御殿と続いていた。広さはゆうに千坪はあり、まわりはぐるりと漆喰の塀で囲まれている。

その池は庭の奥にあった。池のほとりに人影が見えた。

五十代半ばと思われる武士が池のすぐそばにおいた腰掛に座っていた。着ぶくれて、どてらから首だけだしている。

「お義父上さま、起きてもよろしいんですか」

錦鯉をめでているという寅之助なのだろう。

「風邪はたいしたことはない。それより鯉が気になっておちおち寝てもいられぬ」

「殿さま、火鉢をお持ちいたしました」

用人が手あぶりを持ってきて、腰掛の横においた。

「客人かな」

寅之助が麻を見上げた。そのとき厳しい顔をした老女がこれまた着込んで出てきた。

「今、お帰り？　遅かったですね。そちらさまは」

姑の美佐江《みさえ》だと八重は麻に耳打ちし、ふたりに、昨日、女中頭の律を助けた千石屋の主の御新造さまだと麻を紹介する。

大きい女だと思っていることはありありだったが、さすが旗本とその奥方、気持ちを顔に出すまいと、表情をひきしめている。

「それはそれは……お律をお助けくださいましてありがとう存じました」

「大切になさっていた錦鯉を盗まれたとお聞きいたしました。思わぬ災難にご心痛はいかばかりかと拝察いたします。少しでも慰めになればと思い、上方から届いたばかりの剣菱をお持ちいたしました」

政吉が一升徳利をさしだす。用人が頭を低くして、受け取った。

「これは結構なものを」

「お助けいただいた上、ご酒をいただくとは」

剣菱は武家に人気の銘柄である。赤穂《あこう》浪士の討ち入りの際に四十七士が酒を酌み交わしたのも剣菱である。

「せっかくだ。一本、つけてもらおうか。寒くてかなわん」

そういった寅之助を、美佐江がきっと見る。

「ですから中にお入りくださいませ。風邪を甘くみてはなりませぬ」

「その間にも、魚影が消えるのではないかと気が気でない」

寅之助は首を縮め、深いため息をもらし用人に酒の用意をするようにいった。

池の中を赤や白の錦鯉がゆったりと泳いでいる。

「きれいなものですね。まあ、青いうろこの鯉がいる……」

麻が指さすと、寅之助は首を少しばかり伸ばした。

「色素が抜け、白く変化した『浅黄《あさぎ》』でござる」

「うろこがぴかぴか光っていますね」

「うろこが一枚として欠けずにきれいに並び、さながらふたつに割った真珠のように輝いているのが、よい錦鯉でござってな」

「よく見ると、鯉の体形もいろいろでございますね。糸巻のように胴体がふっくらしたものもいれば、しゅっとしているものも……」

「どちらがお好きでござるか」

「ふっくらとしているほうでしょうか。細いものはすばしこそうですけれど、丸みがあるほうが華やかな感じがいたします」

「柄はどれがお好きかな」

麻は池のふちまで歩いていき、しゃがみこんだ。人なれしていると八重が言っていた通り、鯉がいっせいに麻のところに集まってくる。

「本当にいろんな柄があるんですねぇ……どれもきれいだけど……透き通るような白い肌に、頭にひとつ、背中にもうひとつ、尾っぽにひとつ、赤い丸が三つついているこれでしょうか」

まじまじと覗き込み、麻は一匹の鯉を指さした。

今までぶすっとしていた寅之助の顔がふっとほころぶ。

「錦鯉のご趣味がおありでござるか」

「いえ、まったく不調法で。見当はずれのことを申しあげているのではないかとびくびくしております」

「目の付け所がよろしい。どの鯉もそれぞれに見どころがあるが、わしもその鯉が気に入りでな。この大切な鯉をまた盗られたらと思うと……」

口をつぐむと、寅之助は深いため息をもらした。

女中が徳利と盃を盆にのせて運んできて、寅之助と美佐江が座っている腰掛の端に置いた。寅之助はすぐに盃を手にした。美佐江がついだ酒を口に含み、うんとうなずく。

「これはいい酒だ」

一瞬満足げな表情を浮かべた寅之助はいける口に違いなかった。

それから麻は寅之助と美佐江に断りを入れ、八重と政吉とともに、敷地を歩いた。池の周りだけでなく、塀のあたり、屋敷《やしき》の周囲なども、一刻（二時間）近くかけて調べた。

表門はもちろん裏門も頑丈で、塀の破れもない。外からは猫の子一匹はいりこめそうにない堅牢な屋敷だ。

植栽に目をやれば、松や杉、楓などの木々すべてに植木職人の手が入っている。鳥の巣など見当たらない。通り道には白石が敷かれ、蛇がひそみそうな茂みもない。落ち葉もきれいに掃かれている。

屋敷の縁の下にも、屋根の上にも何かが隠れている気配はなかった。

よく手入れされていたのは見事なほどだった。

「すごいわねぇ。これだけの広さをどこから見ても申し分なく整えてあるなんて」

侍の家では、商家以上に、奥の仕事の一切は女の手にまかされている。屋敷と庭を整える指示を出しているのは、大奥さまの美佐江と奥さまの八重だ。

「毎朝、お義母上と点検して……下女や下男に指示しているのよ」

「人を大勢、使うのも気苦労があるでしょう」

「ええ。実家はこぢんまりとしていたでしょう。下男と女中ひとりずつで奉公人といっても家族みたいなもので……。覚悟はしていたけど、女中も多いし、慣れるまではとまどうことばかりだった。でもこんなことが起きるなんて」

また八重がうつむく。

池に戻ると、寅之助と美佐江は部屋に戻ったらしく、姿が消えていた。

竹ぼうきを動かす音がして目を向けると、うら若い娘が池の奥で立ち働いている。姉さんかぶりをして落ち葉を集めていた。

「あの子が庭の掃除をしているの？」

「池の周りと畑はあの子がやってくれているの。働き者で、畑仕事も上手なのよ」

小梅村《こうめむら》から来た十七歳の娘で、雨や雪の日をのぞいては毎日、朝から夕方まで外にでているという。娘は麻たちに気が付くと、こちらを向いてぺこりと頭を下げた。落ち葉を集めた籠《かご》を背負い、そのまた奥にある小道に運んで行く。

「これだけ広い庭だもの。落ち葉の量も半端じゃないわね」

「山ができるわよ。それを腐らせて、畑にすきこむの。おかげで、ここの家の大根は太っていておいしいのよ。小松菜は今、食べ頃だし。そうだわ、お麻ちゃん、帰りに大根一本持っていって」

「お旗本の家に来て、大根をいただいて帰るなんて思いもよらなかった。畑はどこにあるの？」

八重はくすっと笑い、肩をすくめた。

「すぐそこよ。畑も見てみる？」

振り向いて麻が政吉と顔を見合わせたのは、今の今まで畑があることさえ気づかなかったからだ。

「ぜひ」

畑は池の奥の一角にあった。三十坪もあるだろうか、にょきにょきと大根が葉を元気よく広げている。小松菜の葉も冬の日差しを浴びて、輝いて見えた。

畑の脇には五、六寸（約一五〜一八センチ）ほど低く掘られた水路のような堀が巡らせてあった。

「これは?」

「水路よ。今は雨が少ないから、干上がっているんだけど、ここは不忍池のすぐそばでしょ。そのせいかとにかく水はけが悪くて。雨がふると、すぐに足元がぐちゃぐちゃにぬかるむの。まいた種が全部流されたこともあるし、苗が根腐れを起こして枯れたこともあって。それで余分な水を集めて流してやるこの水路を作ったそうなの。でも大雨にはこんなんじゃとっても太刀《たち》打ちできない。嫁いでから私、雨がすっかり嫌いになっちゃった。通路に白石を敷いているのも石なら雨が降ってもぬからないからだし」

八重はすっかり娘時代の口調に戻っている。

それから八重は、空の籠を背負って戻ってきた先ほどの下女を呼んだ。

「おゆき、大根を一本見繕って、きれいに洗っておいてくださいな。こちらさまのお土産にするので」

「はい」

ゆきという名の下女はよく日に焼けていた。大きく澄んだ目をしている。年頃の娘らしく頬はふっくらとして愛らしい。

「お手数をおかけいたします」

軽く頭を下げた麻を、一瞬、驚いたようにゆきが見た。なんて大きな女だと思っていることが表情に表れている。こういうことに、麻は慣れっこだが、慣れているからといってこたえないわけではない。

知らず知らずのうちに、麻は唇を指でそっと触っていた。紅がついている。私は大丈夫と、麻は丹田に力をこめた。

少し離れて後をついてきていた政吉が八重に聞いた。

「この水路はどこに通じておりますか」

「藍染川に流れ込むようになっていますの」

水路をたどるように麻は歩き始めた。八重と政吉が続く。

簡易な木製の戸が見えた。

水路はその戸の下に消えている。その手前に目隠しのように杉の木が並んで植えられていて、水路に導かれなければ、戸を見過ごしていたかもしれなかった。

「木戸の先は船着き場よ。この門を開けるのは水路を掃除するときくらいだけど。以前は、漬け物用の野菜などを舟で届けてもらったりもしたんですって」

簡素とはいえ、しっかりした木の戸だった。戸は横に渡された木の閂《かんぬき》で固定されている。

水路はその下を通っていた。

「開けてみましょうか……」

八重は閂に手をかけた。政吉が「あっしがやりやす」と横木を外す。

きっと音がして戸が開いた。石垣が積まれていて、川におりる石段が五、六段続いている。

石段の脇に、斜めに水路が切られていた。石で組まれた水路だ。

藍染川は駒込村《こまごめむら》から西ケ原《にしがはら》、中里《なかざと》、田端《たばた》、根津、谷中《やなか》などを通って、不忍池に流れてくる。幅わずか一間（約一・八メートル）ほどで、べか舟がすれ違うのがやっとという小川である。

藍染という名の由来は、川筋に染物屋があり、川の色が藍色に染まっていたためという説や、根津に遊郭があったため、遊女と初めて会う「会い初め」にかけて名付けられたという説などがあるが定かではない。

どんな川でも小舟が浮かんで、船頭の声や櫓《ろ》をこぐ音が響いているものだが、不忍池で行き止まりのせいか、見る限り、猪牙舟もべか舟も見当たらない。

「朝と夕には野菜を積んだ舟が来ているようだけど。……この川、上にいくとくねくね曲がっているんだって。それで蛇川っていう人もいるの。蛇がいるから蛇川という話もあるそうで」

八重がいった。麻は、水路に目を落とした。

「川で蛇を見たことがある?」

「不忍池を小さな蛇が泳いでいるのは見たわ」

「この水路を通って、錦鯉の池まで行くってできるかしら」

「まさか蛇が? う〜っ、鳥肌がたってきちゃった」

八重は首をすくめた。麻は振り返って政吉を見た。政吉はおもしろがるような口ぶりでいう。

「蛇はどこにでも這《は》って行きやすよ。蛇は木にも登りますからね。こんな勾配だって上っていきやす。ただ、からからに干上がっているところを、池まで行くのは大事じゃないですか。わざわざ錦鯉を狙わなくても、不忍池にだって小魚はいるだろうし」

藍染川の対岸にも旗本屋敷が並んでいる。

それぞれに同じような船着き場が設けてある。掃除をしてあるものもあれば、あまり使われておらず、石垣に枯れ枝が積みあがっているところもあった。

使っていればきれいにもするが、使わなければ放ったらかしになり、水が運んでくる落ち葉やらで薄汚れてしまうのだろう。

八重は、中に戻ると畑仕事をしているゆきに声をかけた。

「もしかして、おゆきが船着き場を掃除してくれたのかしら」

「掃除？　は、はい。ときどき。すみません。余計なことを」

叱られたと思ったのか、ゆきの顔がこわばる。

「ううん。よかった。ずいぶん汚れているお宅もあったから。これからもときどきお願いしますね」

ゆきはほっとしたようにうなずいた。

「かわいい娘さんね」

「素直でいい子なんだけど、ちょっとかわいそうな身の上なのよ。母親はあの子を産んでまもなく産後の肥立ちが悪くて亡くなり、うちに奉公してまもなく、父親と兄さんもはやり病で亡くなって……。持っていた田んぼやなんやかは、叔父さん一家に全部とられてしまったんですって」

帰る家がないので、ゆきは盆と正月の休みも山崎家で過ごしているという。世の中には、親を失った子もいれば、きょうだいを亡くした子、子を見送った親もいる。全員がそろっているのはかえって珍しいくらいだ。

けれど、ともに暮らした家族がひとりもいなくなってしまったなんて、どれだけ寂しかっただろうと麻の胸が詰まった。

そのうえ、身上も奪われてしまったとは。おぼれたものを棒でたたくようなものではないか。

だが、後ろ盾がなければ、弱いものはむさぼりつくされることもある。

「十七だったら、そろそろお八重さんの出番じゃない？　おゆきちゃんが甘えられるような優しくて頼りになる亭主を見つけてやらなきゃ」

「そう思うでしょ。でもその話をするとまだ早いって、耳を貸さないのよ」

木戸の先から櫂《かい》をこぐ音が聞こえた。

七つ（午後四時）を知らせる寛永寺の時の鐘が鳴り始めた。

「やっぱりわからへんかったか。錦鯉の盗人は。まあ、家の者に見当がつかんのに、他人が簡単にわかるわけはあらへんなぁ」

鶴次郎は大根をほおばりながらいった。

「うまい大根や。ほくほくして、口の中でとろけよる」

ご飯をかきこむ鶴次郎の前で、麻は熱燗をちびちびやっている。

「畑にはこんな大根が三十本、いやもっと植わっていたの。食べきれない分は土に埋めておくと春まで食べられるんですって」

大根と厚揚げの煮物に、小松菜の辛し和《あ》え、鰺の塩焼き、大根葉と油揚げの味噌汁が膳に並んでいる。大根と小松菜は八重がもたせてくれた土産だ。

「知恵やなぁ。……でもその水路、気になるな」

「でしょう。奇特な蛇がいて、池と川をせっせと往復しているかもしれないと考えて、先様の下男に、その木戸の下の水路を木板できちっとふさいでおくようにはいっておきました」

鶴次郎がぽんと膝をたたいた。

「それでこそ、お麻や。まあ、飲みなはれ」

「旦那さまにお酌していただくと、剣菱のお味が二倍増しだわ」

鶴次郎が盃に注いでくれた酒をくっとあけて、麻はほほ笑んだ。

「しかし、風邪っぴきでも舅の寅之助殿は池の錦鯉を確かめずにはいられないとは……お気の毒や。うちらだって、こげ太や茶々がいなくなったら大事やで」

そういうと、二匹に、鶴次郎は鰺の身をこそげたものを食べさせた。口を小さく動かしてうまそうに食べる二匹に、鶴次郎は目を細める。

「これを子どもがやったら、食事の時に猫をかまうな、行儀悪って、親にこづかれるところや。わてら大人になってよかったなぁ」

鶴次郎はおおまじめにしみじみといった。

二匹はじゃれあい、走り回ったかと思うと、茶々は麻の膝の上で丸くなり、こげ太は鶴次郎の懐にもぐりこんだ。

ふと思い出したように鶴次郎がつぶやく。

「下女のおゆきはんとやら、いわれもせんのに掃除するとは。よう気づく娘やなぁ。庭の掃除と畑仕事だけでもいっぱいいっぱいやろに」

「年頃なんだけど、嫁入り話に耳を貸さないんですって」

「奥手なんか」

「そうなんじゃないの？」

遠くにあんまの笛の音が聞こえる。静かに夜はふけていった。


二日後、八重から文が届いた。

その後、錦鯉は一匹も減っておらず、喜んだ舅が寒風の中、張り切って鯉の世話をしたために、風邪がぶり返し、今度こそ本当に寝込んでしまったという。

――侵入口をつきとめることができたこと、お麻ちゃんのおかげだと、両親も大変感謝しております。本来ならば、伺ってお礼を申し上げなくてはならないところですが、舅の看病もあり、また日を改めて、ご挨拶に参ります。やはり、蛇が水路を通ってやってきていたのでしょうか。

顔を突き合わせながら文を読んだ麻と鶴次郎は、頭をひねった。

「蛇だったんか？　そうなんか？」

「さあ」

政吉を呼び、文を見せると、政吉も首をかしげる。

「毎晩、ずるずる遠出してくる……そんな律儀《りちぎ》な蛇がいるとはとても思えませんが」

「蛇やないとすると、なんや？　わてもこの目で、錦鯉と水路を見てみたいわ、けどお旗本の家やからな、酒をぶらさげてふら〜っと気楽に遊びにいくわけにもいかんしなぁ」

それから三日ほどして、八重が再び訪ねてきた。

鶴次郎に会うのは二度目なので、八重は幾分落ち着いているが、顔色がよくない。

「今朝、また二匹やられました」

はきだすようにいった。

確かめると案の定、水路をふさいでいた木板が外れていた。とりあえず木板をはめなおし、前よりも強固に固定したうえ、舅は出入りの大工を呼びつけ、本格的にがっちりふさぐよう命じたが、大工は別の仕事があり、造作にかかるのは三日後だといわれたという。

「相手の正体がわからないのが気持ち悪くて……」

「木板を外す知恵があり、力もあるもの、っちゅうことやな」

鶴次郎が麻にうなずく。

「ここでああだこうだいうても、そこに行ってこの目で見んことにはわかるわけがあらへん。……お麻、もう一度行ってきなはれ」

麻は上目遣いに鶴次郎を見た。

「また私が？　ひとりで？　無理です。大蛇が出てきたら私、腰を抜かしてしまいます。旦那さまもご一緒してもらえません？」

「わても蛇は苦手やがな。こっちがお麻に抱きついてまうかもしれへん。いっそ蛇に酒を飲ましますか？　ヤマタノオロチみたいに酔っぱらうまで。それこそお麻の出番や」

肩を抱きながらふざけた鶴次郎の肩を麻はぴしゃりと軽くたたいた。

「もう冗談ばっかり」

鶴次郎は頭の後ろに手をやった。

「政吉がうらやましいわ。政吉ならお麻のお供できるのにな」

「私が見過ごすことを、旦那さまが気づきそうな気がするのに」

ふたりのやり取りを黙って聞いていた八重が顔をあげた。

「お麻ちゃんを送ってきてくださった鶴次郎さんを私が無理をいって家にあがってもらったことにしたらどうでしょう。鶴次郎さんはお律をお助けくださった方ですし」

麻と鶴次郎は目をあわせた。同時にうなずく。

「ほな。そうさせてもらいまひょか」

政吉に剣菱の一升徳利をもたせて、先日と同様、千石屋の艀から猪牙舟にのり、山崎家に向かった。

門をくぐり、白石が敷き詰められた道を長々と歩き、立派な玄関にたどり着くと、八重は「ちょっとお待ちくださいませ」といい、勝手口に回った。

すぐに玄関の戸が開かれた。式台で、姑の美佐江と八重、その後ろに女中がひとり控え、頭を下げていた。美佐江が手をついたまま、口を開いた。

「一度、お目にかかって、私からもお礼を申し上げなければと思っておりました。お律をお助けくださいまして、ありがとうございました。また御新造さまのおかげで、鯉を食らうものがどこから出入りしているかがわかったのも、ありがたく思っております。敵もさるもので、木板を突破してまいりましたが、なんとかかたをつけることができるのではないかと思っております」

姑の美佐江は過不足なく挨拶を述べる。

鶴のように痩せていて、細面《ほそおもて》で鼻が高く、まなじりがきりりと上がっている。若い時は見ようによってはきれいだったろうと思わせる顔立ちだ。

だが頰がこけた今は、顔のきつさが際立っている。そのうえ、口調が権高で、相手を居心地悪くさせるような威圧感があった。

寅之助は風邪で寝込んでいるといった美佐江に、鶴次郎は「ほんの気持ちですが」といい、一升徳利を差しだした。

「まあ御酒を。先日、頂戴したばかりですのに。とても美味であるとうちの主人が喜んでおりました。いただくばかりで、恐縮でございます。……お律！」

美佐江に名を呼ばれ、後ろで、小山のような体を縮めて控えていた女中が口を開いた。

「その節は大変、お世話になりました。今、私がこうして生きていられるのも、そちらさまのおかげでございます。この御恩は一生忘れません」

麻は思わずまたたきを繰り返した。美佐江に鍛えられたであろう物言いの確かさにも驚いたが、律の体は美佐江のゆうに倍、いや三倍ほどあったのだ。まさか、鶴次郎が助けたのがこんな大きな女だとは思わなかった。

女相撲にも出られそうな体格のこの律を欄干から引き離し、押さえつけるのは、いくら鶴次郎でも大変だったろう。

けれど鶴次郎は「相手はとんでもない大女でまいった」といわなかった。におわせもしなかった。律は横に、麻は縦にと違いはあるが、大女といわれるのを気にしている麻を傷つけないために、鶴次郎はその類の言葉を避けたに違いない。

鶴次郎の気づかいに、麻の胸が熱くなる。

麻がちらっと鶴次郎を見ると、鶴次郎はおどけるように眉をきゅっとあげた。

「さ、どうぞ、お上がりになってお茶でも召し上がってくださいませ」

促して立ち上がった美佐江に、鶴次郎はやんわりという。

「せっかくですので、こちらの殿さまが丹精なさっている錦鯉を見せていただけませんか。それともうひとつ、畑も見事だと、麻がしきりにほめておりまして、そちらもぜひ」

「畑も？」

「大根畑を」

一瞬、美佐江は口ごもり、目をみはった。

「八重。ご案内なさい」

美佐江の前で緊張していたのがほどけたのだろう。

玄関を出たとたん、誰ともなくため息をもらした。美佐江はそれほどの威厳と迫力があり、嫁の八重の苦労が思いやられた。

錦鯉を前にした鶴次郎は、子どものようだった。手をパンパンと叩いて鯉を呼び、懐に隠し持ってきた紙袋から麩《ふ》を取り出し、集まってきた鯉に食べさせて目を輝かせた。

「見事なもんや。これを盗られたらそりゃ口惜しいわ。どれもきれいやなぁ。こんな魚を食らうのは竜宮城の乙姫さまくらいやないのか」

「乙姫さまが魚を食べるんですか。魚にかしずかれているのに？」

一瞬、考え込み、鶴次郎がまた口を開く。

「いや、こんだけきれいなんや。食べるより踊らせたほうがええな。いずれにしても、この錦鯉を盗ったのは乙姫さまやない」

「ですわね」

それから麻、鶴次郎、八重、政吉は畑に移動した。

寛永寺の時の鐘が鳴り始めたのはそのときだった。七つの鐘である。

冬のことで、空は少し暗くなり始めていた。

大根畑を通り過ぎ、四人は木戸を目指した。

木戸に近づいたとき、麻はその閂の横に渡す木が外れていることに気が付いた。麻が外された横木を指さすと、みなぎょっとして。足を止めた。すかさず、鶴次郎が人差し指を口にあて、もう一方の手で政吉を招いた。

いったい、誰が木戸の閂を外したのか。何のために、戸を開けたのか。まさかとは思うが、誰かが盗人の手引きをしているのではないか。いやもう盗人は屋敷内に忍び込んでいるのではないか。

麻の胸がどくどくと音をたてる。

「わてらが先に行く。お麻と八重さんは離れとき」

鶴次郎は横木を木刀のごとく構えると、政吉に戸を開けるように顎で合図した。

ぎいっ。木戸がなった。

次の瞬間、息をのんだような声が聞こえた。鶴次郎の間延びしたような声が続く。

「あんたら、こんなとこで、何してはるんや」

開いた木戸から見えたのは、下女のゆきと男が川に向かう石段に並んで座る後ろ姿だった。

重ねられていたゆきと男の手がはじかれたように離れる。

男の舟なのだろう。石段の下にべか舟がもやってある。

「奥さま……」

振り向いて八重の姿を認めたとたん、ふたりは向き直り、両手をつき、頭を大地にこすりつけた。

「お、おゆき、こ、ここでどうしてこんなことを……」

八重の声が震えていた。

緊張すると声が出なくなることさえある八重にとって、人を叱責することなど不得手中の不得手だ。けれど、見てしまったものを見なかったことにはできず、困り果てているのが手に取るようにわかった。

男がおどおどという。

「すいやせん。おいらが悪いんです。おいらがおゆきちゃんを誘ったから」

「いったい、あなたはどこのどなたなんです？　いつからおゆきとこういうことに？」

必死に、八重は声を振り絞っている。どっちが叱られているのかわからぬほどの八重の狼狽《ろうばい》ぶりに麻の胸も痛くなった。

ゆきの相手は、駒込村住まいの三太郎《さんたろう》という十九になる男で、家で作った野菜をべか舟に積み、二日に一度、藍染川を下って売りに来ているという。

夏、男の鼻歌に気づいたゆきが木戸を開けたのが縁で、ふたりは憎からず思うようになった。それからというもの、七つの時の鐘を待ち、船着き場で逢瀬を重ねてきた。

「知らなかった」

奉公人のゆきは、屋敷内で畑仕事の合間に男と会い続けていたわけであり、申し開きができるようなことではない。

「奉公を続けたいのなら……もうここでこうして三太郎さんと会ってはなりません。お義母上がお許しになるはずがありません。いえ、こんなことをしていたとわかったら、お義母上はおゆきに暇を……」

八重は懸命にかんで含めるようにいう。

ゆきは顔をわずかに上げ、三太郎をいとおしむように見た。それから思いを振り切るようにいった。

「ここにおいてください。何でもします。おいだされたら、あたし……行くところがない」

そのときだった。後ろで人の気配がした。

「話は聞かせてもらいました」

八重の表情が凍り付いた。

ゆきも顔をひっとこわばらせる。

振り向くと、姑の美佐江が木戸のところで、背筋を伸ばして立っていた。夕暮れの赤みを帯びた光が当たり、美佐江の顔に濃い影を作っている。

美佐江は目をすがめ、つかつかと近づいてくる。空気が一瞬にして冷えたような気がした。

「帰りが遅いと来てみたら、私の知らぬところでこんなことになっていたとは。働き者だとばかり思っていたおゆきが男と忍びあっていたとは。当家では奉公人の恋はならぬ、ご法度であると言い渡しているはず。それを、仕事の最中に人目を盗んで逢瀬を重ねたとは……おゆき、見損ないましたぞ」

有無を言わせぬ口調で美佐江はいった。

麻は唇をかんだ。

千石屋でも奉公人同士の恋愛は勧められたことではないというのが、暗黙の了承である。しかし、人の気持ちに線引きすることはできず、そういうことがなかったわけではなかった。だからといって、いきなり叱責することもない。

だが、それぞれの家には約束事があり、商家と武家、平と大身でも奉公人の扱いは違う。

美佐江が背筋を伸ばして立っている姿は、刀が着物を着ているかのようだ。

「三太郎とやらも、おゆきの奉公の障りになるとわかっていたであろう。それでもなお、会い続けていたのじゃな。……ええい、返事をしやれ」

声も出せずに平伏したままのふたりに、美佐江はじれたようにいった。

切って捨てかねないような言い方に、麻の心も冷えていく。

鶴次郎が腰に手をまわし、呆然としている麻を引き寄せた。

「も、申し訳ありません」

「申し開きのしようもございやせん」

消え入りそうなゆきと三太郎の声がした。

美佐江はからみつくように続ける。

「三太郎とやら、そのほう、おゆきとのことは遊びなのであろう」

ゆきがはっと顔をあげ、三太郎を食い入るように見つめた。唇が震えている。

「……めっそうもございやせん。……おゆきさえよければいずれ、所帯を持ちたいと思っておりやした」

三太郎は必死の形相《ぎょうそう》でいった。

そのときだった。

「あのぉ、お取込み中、えらいすんません……」

突然、鶴次郎の声が麻の耳元で聞こえた。麻はぎょっとして、振り向いた。

鶴次郎は片眉をよせて麻と目をあわせ、また前を見る。

その頬がわずかに緩んでいた。

緊張で今にも破裂しそうなこの場で、鶴次郎は何をおもしろがっているのか。

鶴次郎がこれから何をいいだし、何をする気か、女房とはいえ、麻も皆目見当がつかない。

「なんじゃ」

美佐江がぎょろりと鶴次郎をにらむ。

「いえ、そちらさまではなく、三太郎はんにお願いがありまして」

不安げに目だけをこちらに向けた三太郎に、鶴次郎はやんわりという。

「ちょいと舟と櫂をお借りしてよろしいか」

「へっ？　今ですか」

美佐江の顔色を窺いつつ、三太郎は「どうぞ」と答えた。

三太郎やゆき、八重の顔に浮かんでいるのも、戸惑いばかりだ。

厳粛ともいえるこの場に割って入り、よりによって自分が怒っている相手に頼みごとをする者が現れることなど、美佐江にとってもはじめてなのだろう。振り上げた手をどうしたものか、美佐江がいちばんきょとんとしている。

「おおきに助かります。お麻もきなはれ」

「どこに行くんです？」

「ええから」

鶴次郎が麻の手をとり、とんとんと石段を下った。べか舟に麻を座らせると、鶴次郎はもやいをとき、櫂を握った。

美佐江もゆきも三太郎も八重も、みな、二の句がつげないまま、舟ででていくふたりを見つめている。

だが二、三度、こいだだけで、鶴次郎は櫂をとめた。たどり着いたのはすぐ向かい側の船着き場だ。

それから、鶴次郎は石垣の、枯れ枝が積みあがっているところを櫂でつっつきはじめた。

カサリ。カサリ。

すると、ガサガサという音が奥から聞こえた。

何かいる。ぎょっと麻は首をすくめ、息を呑んだ。

鶴次郎は仁王立ちになって、枯れ枝の先をにらんでいる。

そのときだった。

枯れ枝の藪の中から、黒く丸い頭が見えたと思いきや、ちゃぽんと水に飛び込んだ。

またガサガサと音がして、黒い頭が出てきた。

ちゃぽん。

さらに、小さな頭がふたつ続いた。

ちゃぽんちゃぽん。

四つの頭、平べったい体が水の中をすべるように不忍池のほうに泳ぎ下っていく姿を、
麻は唖然として見つめた。

「な、なんですの？　この四匹は」

指をさして麻は鶴次郎にたずねた。鶴次郎がにっと笑った。粒のそろった白い歯がのぞく。

「カワウソですと？」

「カワウソの家族やな」

裏返った美佐江の声が川を渡って聞こえた。

カワウソは魚やエビ、カニ、カエルなどなんでも食べる動物だ。昼は岩穴に隠れて、夜になると動き出す習性も知られている。

「この枯れ枝の奥がやつらの休み場なんやな。……あ、食いかけの鯉が……うわっ腐ってるやん」

鶴次郎が櫂でもう一度、枯れ枝をつつくと、ぽちゃっと、骨の見える鯉の死がいが水に落ち、不忍池のほうに流れていく。

ふらっとしかけた美佐江を八重が支えた。

石垣の一部にだけ、枯れ枝が集まっているのがおかしいと、鶴次郎は思ったという。

何者かが集めたとしか思えない。何がなんのために。そこで鶴次郎の脳裏に浮かんだのがカワウソだった。

「カワウソは泳げるし、歩ける。大食らいで、力もある。あんな丸々とした鯉がちょっと歩けばおる。宝の山を見つけたような気がしたんちゃいますか」

あれから五日が過ぎた晩、麻と鶴次郎は火鉢で暖まった茶の間で、夕餉の膳を囲んでいた。

お菜は、いか大根に、大根を細切りにした油炒り、赤唐辛子をきかせた大根のポン酢漬け、大根の味噌汁と、すべて八重が土産に持ってきた大根で作った大根尽くしだ。

「お嬢さま、お燗がつきましたよ」

菊が盆に徳利をのせてもってきた。

「今日はお菊も一緒に食べない？　話したいことがあるの」

「お邪魔じゃないですか」

「そうじゃないからいってんの。お膳をもってらっしゃいな」

「それでしたらお言葉に甘えて」

普段、菊はほかの女中たちと一緒に板の間でそそくさと食べるのだが、たまにはこんなふうに麻と鶴次郎とゆっくり箸をとることもある。

「お猪口もね。お菊もいける口なんだから」

「まあ、人聞きの悪い。私は少しばかりたしなむだけでございます」

菊は仏頂面でいいつつも、ちゃんと自分の膳に猪口をのせてきた。

本日、八重は木戸の下の水路を大工が厳重に塞《ふさ》いだと報告にやってきた。雨の日はその板を取り外さなければならないが、上から板をさしこむしかけなので、正面から押すことしかできないカワウソにはもう破られないだろうとほっとした顔で言った。

だがそれには鶴次郎は懐疑的だった。

「簡単にあきらめるやろか。板の下は土。だとしたら、穴を掘ってでも入ってこようとするもんやないか。カワウソは家族で暮らしとるんや。亭主カワウソは女房カワウソや子カワウソのために、そのくらいしまっせ、知らんけど。巣もなんとかせんとな」

「八重さん、石垣に枯れ枝の休み場があるお宅に、明日、壊してほしいって頼みに行くようお姑さんから命じられたって」

「青息吐息のご様子でしたね」

菊はそういい猪口に口をつけ、いかをつまんだ。

「休み場が壊されれば、新しい休み場を作るやろな。けど、作っては壊され作っては壊されしたら、ここはあかんと、カワウソもさすがにいつかは引き下がってくれるかもしれへん」

「そうなるといいけど。それにしても八重さんは、難儀よね。女中頭のお律さんを引き取りに行かされるわ、カワウソの休み場を壊してくれって、近所に頼みにいかなくてはならないわ。……あの勢いでお姑さんにいわれたら、怖くて断れないだろうし」

「前門の虎、後門の狼やな。でもええとこがないわけでもないやないか、あのお姑さん」

あめ色の大根を食べながら、鶴次郎は頬をほころばせた。麻は箸をおき、酒を口に含む。

いいところがないわけでもない。確かにそうである。

ゆきが年明けに三太郎と祝言をあげるまで、山崎家で働き続けることを美佐江は許したのだった。

そのうえ、さっそく三太郎の家まで、美佐江がゆきの親代わりとしてあいさつに出かけていったという。

——手塩にかけて仕込んだ娘でございまする。末永く、どうぞよろしくお願い申し上げます。

三太郎の家の者はどれほど恐れいったことだろう。奉行まで務めた幕閣の重鎮の奥方がじきじきに百姓家に駕籠で乗り込んだのだ。

三太郎の親たちはへへ〜っと平伏して、もういいだろうと、顔をあげてもまだ美佐江が頭を下げていたので、またあわてて床に額をこすりつけたという。

「きっとおゆきさん、三太郎さんの家でかわいがってもらえるわね」

ゆきを邪険にでもしたら、美佐江が再登場なんてことにもなりかねない。三太郎の両親は、息子はなんて面倒くさい娘を気に入ってしまったのかと思わなかっただろうか。

「あの美佐江さんってお姑さんは、小普請組《こぶしん》の家の出なんだそうですね。八重さんは玉の輿といわれたけど、お姑さんはもっとですよ。若い時分はずいぶんご苦労なさったんじゃないですか」

菊は猪口を持ちながら言った。麻が徳利をとると、菊はすかさずきゅうっと猪口の中身をあけて、「これはどうも」と両手で差し出す。相当な飲みっぷりだ。

八重の実家は役職としては低いものの、同心という役柄で、うちのものが何かやらかしたときにはどうぞよろしくという意味であちこちから付け届けがあり、内情はなかなか豊かである。

一方、小普請組には役職の手当ては一切ない。小普請組は、中間《ちゅうげん》を雇う余裕さえなく、内職をして生活費の足しにしなければならないほど、貧乏であることを、町人もみな知っていた。

大根の油炒りをほおばりながら、今日、八重がしみじみとつぶやいたことを麻は思い出した。

――お義母上は娘のころから優秀で知られていたらしいの。一度覚えたことは忘れない。手習い所でも抜群によくできて。それで、山崎家の嫁にという白羽の矢がたったんですって。それでも嫁いでから、ずいぶんご苦労もあったらしいの。

お茶やお花などのお金がかかる習い事は小普請組だからなさらなかったでしょう。勝ち気で賢い人だから嫁いでから、なんでもちゃんと覚えたんだけど、習い事って、どこの先生にいつ習ったかが結構ものをいうところもあるから。お若いころ、同輩の奥方が集うお茶席に呼ばれなかったり。仲間外れにされたこともあったみたい。成り上がりだと揶揄《やゆ》もされ、くやしい思いもなさったんじゃないかしら。

今でも、お茶席には一切、お出にならず、全部私まかせなの。立派なお茶室も代々伝わるお道具もあるけど、もちろんお茶席も設けないし。

――お義母上は母親を早くに亡くしているの。父親は後添えを迎えられなかったそうだから、小さいときから家のことをまかされて、おさんどんから掃除、洗濯、弟の親代わりもなさっていたんですって。でも母親でなきゃわからないことってあるでしょ。それで嫁に来た当初は義祖母さまにしょっちゅう小言をいわれていたんですって。女中頭のお律が、「大奥さまはただ口うるさいのではございません。ご自分の経験から、奥さまが恥をかかないように教えてくださっているんですよ」って、私に何度か耳打ちしたことがあるんだけど、ほんとにそうなのかもしれない……。

誰でもそうなのだろうが、あのお姑にも若いころはあり、さまざまな人や出来事に出会い、今の美佐江ができあがったのだと麻は改めて思った。

麻は身をのりだし、こほっと咳《せき》払いして、澄ました声をだした。

「とっておきの話があるの」

菊は箸をとめて、麻を見た。鶴次郎も麻の顔をのぞきこむ。

「なんです？　改まって」

「はよ、聞かしとくなはれ」

麻がすっと背をのばした。

「姑の美佐江さんが、おゆきさんにこういったんですって」

――武家や大商人の家なら親が決めた相手と添うしかない。けれど、おゆきと三太郎は惚れて惚れられて夫婦になる。本人同士が決めて一緒になることができる。それがどれほど幸せなことか。今の気持ちを忘れず、相手を大事にするよう努めなさい。

「お武家の奥方が、なんとまあ思い切ったことを……」

あきれているのか感心しているのか、菊は顔をしきりに横に振る。

「惚れて惚れられて……。あのお人の口から出た言葉とも思えへん」

菊はにやりと笑って身をのりだし、声をひそめた。

「もしかして……お姑さん、若いころ、好きな人でもいたんじゃないですか。でも相手は、……たとえばの話、しがない小普請組だったりして。それで弟のためにも、大身の山崎家に嫁ぐようにと言われて、泣く泣く、親のいうことに従ったとか」

ありえないことではなかった。

というのも、美佐江が山崎家に嫁いだ後、実家・井筒《いづつ》家の弟が江戸城を警固する番士としてとりたてられたという。小普請組が御番入りするなど、百にひとつもないといわれている昨今、美佐江が山崎家に入ったことと無縁だったはずがない。

「案外、ええ人なんと違うか？」

鶴次郎がつぶやく。麻がうなずいた。

「そうよね。きつい顔をなさっているからって、怖い人だと決めつけてはいけませんわね」

はぁ〜っと菊は長いため息をつき、首をきっちり横にふった。

「もうおふたりは世間知らずなんだから。女中頭が死んでおわびをしようとしたほどのお人だってこと、お忘れなく。そりゃ、優しいところだってあるかもしれませんが、油断したらあっさり返り討ちにあいます」

うんうんと鶴次郎が素直にうなずき、「お互い気ぃつけよな」と麻と菊の猪口に酒を注いだ。

「八重さんも試練が続きますな」

「でも大丈夫だと思う」

麻は鶴次郎の目を見つめた。

「お姑さんにきついことをいわれると『聞こえない、何も聞こえない』って心の中で念じるんだって」

鶴次郎の目が丸くなった。

「案外、芯が強いんやな」

鶴次郎は感心したようにいう。菊がしたり顔でうなずいた。

「おとなしげな女は我慢を知ってますからね。鼻っ柱が強い女より踏ん張る力は強い。したたかでもあったりする。八重さんもいつか美佐江さんのようになるかもしれませんね」

「やめてよ、お菊、八重さんがまさかそんな」

「そういうもんですよ」

もしそうなっても、八重は美佐江のようなきつい言葉はつかわないだろう。

あのお姑さんは物腰が優しいからといわれつつ、柔らかな物言いで、真綿でくるむように相手をやりこめる？

ありえないことでもなさそうだと、麻はそっと肩をすくめた。

にゃーにゃーと声がしてふすまをあけると、二匹が入ってきてこげ太は鶴次郎の懐にもぐりこんだ。茶々は菊に挨拶をして、麻のひざの上に乗る。

「こげ太は、わてが懐にいれて拾ってきたこと覚えてるんやろか」

「さあ、覚えてるかもしれませんね」

食器を片付けに、菊と勝手に戻ると、吐く息が白くなった。

ふっと雪のにおいがした。

第四章　風花、舞う日に

師走に入ると、江戸は大雪の日が三日ばかり続いた。

年末年始は一年でもっとも酒がよく売れる時期であり、千石屋の蔵からはひっきりなしに酒樽を載せた大八車が出ていく。

雪が降れば担ぎ手の肩や笠に雪がふりつもり、足元は泥水まみれになる。霜焼けやあかぎれで手足をはらしている者も少なくない。

せめて店に戻ったら湯に足をつけ、あたためてほしいと、この季節麻はいつでもあたたかいすすぎ湯が使えるようにしていた。

四日目になってようやくお日様が顔をだし、ほっとしたのもつかのま、昼下がりに、ぐらっと大地が揺れた。地震である。立っていられないほど激しい揺れだった。

「お嬢さま……無事ですか?」

菊が台所からまろびながら茶の間まで駆けてきた。鶴次郎も店からまっしぐらに走ってきた。そのときまたぐらぐらと来た。これも大きい。

麻の無事と火の元を確かめてまわると、鶴次郎は蔵に向かう。麻もそれに続いた。

蔵はいくたびの地震にもひび割れもしない頑丈なつくりで、こうした場合に備えて、倒れないように酒樽を積んであるが、何が起きるか、起きてみないとわからない。

幸い、店も蔵も大事なかったが、心配は火の手だった。

七年前の十月の夜に起きた大地震では、日比谷《ひびや》から神田神保町《じんぼうちょう》にかけての多くの大名屋敷が全壊し、深川や浅草、本所などでは何十か所からも火の手があがった。大川を隔てた下町に太く高い火柱が立ち、大地と空を焼いていた壮絶な風景を、麻は今も覚えている。

夕方になり、ようやく余震も静まり、半鐘も鳴らず、ほっとしたとたん、麻は根岸の両親のことが気になりだした。

地震を好きな人はいないが、母の八千代ほど地震を恐れている人を知らない。

八千代は、子どものころに大きな地震にあい、逃げる途中、倒壊する家屋や大勢の怪我人を見てしまったという。地震について起こった火事の炎にも追われ、その熱さ、煙の臭い、人の悲鳴を今でも忘れられないでいる。

地面が揺れ始めると、八千代の顔に冷や汗が浮かぶ。大丈夫だとみながなだめても、

震えがとまらない。息が苦しいと訴えることもある。そうなると誰かが背中をさすり、

「一、二、三」と数えながら息をはくようにしむけ、なんとかやり過ごす他ない。

埋め立て地で揺れが強い新川ほどではないが、根岸も地盤は堅いとはいいがたい。

麻は政吉に根岸の両親の様子を見てくるようにといった。

帰ってきた政吉から、八千代は案外落ち着いているようで話はできたと聞いて、麻はほうっと安堵《あんど》のため息をもらした。

すでに夕闇がそこかしこに忍び入っている。

「大旦那さまと女中のおチカさんがいつもそばにいらっしゃるから、ご安心なんじゃないですか。おチカさんが作った甘酒を召し上がってらっしゃいました」

「蚊帳《かや》の中で？」

「へえ」

「やっぱり」

麻は苦笑した。夏、部屋の四隅に固定した留め具に網をひっかけ、寝所をすっぽりと覆い、蚊に食われるのを防ぐのが蚊帳である。蚊帳は雷除《よ》けともいわれ、中に入っていれば雷に当たらないといわれる。

特に信心深いたちでもないのに、八千代は雷も地震も天地の神様のなせる業《わざ》に変わりないだろうからと、地震のときも蚊帳をひっぱりだすのだ。

「途中、つぶれた長屋や、屋根が落ちた小料理屋などもありましたが、住人は逃げ出して無事だったとか。このくらいですんでよかったと町の者は話しておりました」

政吉は少しためらって続ける。

「実は大旦那さまから伝言がございまして……」

話を聞いた麻と鶴次郎は顔を見合わせた。

「私、明日、根岸に行ってまいりますわ」

「わても行くわ」

「旦那さま、無理しなくても。今、お忙しいときでしょう」

この時期、酒問屋は上方の酒造家に送る一年の販売を網羅した「売付覚」と、取引内容を記載した「仕切り状」をまとめなければならない。

売付覚には一年分の入船記録と、十駄（二十樽）あたり金何両で販売されたのかを書き記す。商いの大きな千石屋では、売付覚の長さが三間半（約六・三メートル）にも及ぶこともあった。

一方、仕切り状には、年間に販売した数量と売上金額と、酒問屋の取り分である「蔵敷・口銭」（販売手数料）や、「下り銀」（流通上の必要経費）を差し引き、実際に上方の酒造家へ送金した金額、支払いをいつどのように行ったのかもあわせて記さなければならない。

鶴次郎はにやっと笑った。

「先月分までは、番頭の佐兵衛さんともうやり終えましたがな。なんなら一日二日、遊んでもかまへん。麻とどこぞに連れだっていきたいと思ってたところや」

「じゃ、早起きして、浅草を回っていきましょうか。浅草餅、おっかさまの好物だし」

麻がすぐその気になって身を乗り出す。

「わても浅草餅は好きでっせ」

「出来立てを食べましょうよ」

鶴次郎は甘党、麻は甘辛両党である。

夜中にふった雪は、日が上ると、すぐに溶けて消えた。

冬には珍しく風もない朝で、麻と鶴次郎は蔵の艀から浅草まで猪牙舟に乗った。

正月用品や華やかな羽子板が並ぶ歳《とし》の市にはまだ早いが、浅草は相変わらず人の波だった。

麻と鶴次郎は浅草寺の参拝をすませると、茶店で浅草餅を食べ、小屋掛けを冷やかした。軽業や居合抜きなど見世物小屋や芝居小屋などが集まる奥山は、残念ながら今日は素通りだ。

麻にとって浅草は鶴次郎との思い出の場所でもある。

娘時代、奥山にコマ回しの名人の芸や、水芸、大人形ぜんまい仕掛けなどがかかるたびに、麻は美園たちと見にいった。お目付け役をかねて供をしていたのが手代の鶴次郎だった。

美園と別れてからも、麻は鶴次郎を連れまわした。

――早く帰らんと、お嬢さん、旦那さんに叱られまっせ。ひとりで奥山で遊んでいるなんて知られたら、年頃の娘がなんてことをと、雷が落ちますわ。

――大丈夫。鶴次郎が一緒だもの。鶴次郎は口も堅いし。私が奥山で遊んでたなんて、おとっつぁんにいいつけるはずないもの。

――約束できませんな。わてもお嬢さんのことが心配やさかい。ここは年頃のきれいな娘は油断できひん場所や。ええでっか。はぐれんように、わての手をしっかり握っとくなはれ。

あの言葉に麻はまんまとひっかかった。

油断できないのは鶴次郎だった。

いつしかふたりはずっと手を握っているようになった。周りを見渡せば、手を握り合いながら歩く娘と手代など、どこにもいなかったのに。

「お麻、何、笑ってるんや」

「何でもない」

麻は肩をすくめた。

根岸は上野の山陰に位置する閑静な土地で、呉竹の根岸の里といわれる。

大店の隠居所や寮が点在し、風流を好む文人墨客《ぼっかく》の家や妾宅《しょうたく》も少なくない。

父・芳太郎《よしたろう》と八千代の隠居所は、音無川からゆるくくねる小道をあがった坂の中間にあった。

材木問屋の隠居所として長く使われてきたものを、芳太郎が買い取ったもので、大きくはないが、細部に至るまで手を抜かずに建てられた家だった。ただし、古びていたため、畳替えなどに相応の金をつぎこんでいる。

外側には長いひさしに覆われた吹き放ちの濡れ縁を巡らせ、入口、台所、六畳二間に続く十畳の座敷、そして入口わきと台所の隣に下男と女中の三畳の部屋がある、いかにも隠居所らしい間取りだった。

柴門をくぐり、麻と鶴次郎は飛び石を歩いた。

家の東南に、庭が広がっていた。

楓、梅、桜、こぶし、キンシバイ、コデマリ、満天星《どうだんつつじ》、シャリンバイ、ジンチョウゲ、センリョウ……そして足元を覆う苔《こけ》の数々。ところどころに塩梅《あんばい》よく、石灯籠《いしどうろう》や珍しい岩がおかれている。

冬の今は葉を落としている木々も多く、どの木も美しく雪囲いをされていて、それがまた庭に風情をもたらしていた。

季節によって表情を変えるこの庭は、春は花に覆われ、夏には深山幽谷《しんざんゆうこく》もかくやという緑の競演を繰り広げる。そして秋には錦色に染まる。

隠居してから面白半分に庭仕事をはじめた八千代は、たちまち庭の造作に夢中になった。

呉服問屋の娘で、新川では柔らかものしか着なかったのに、根岸では木綿物を着込み、姉さんかぶりをして前掛けをつけ、春から秋は早朝から、庭でしゃがみこんでいる。冬の今だって、暇さえあればあれをどこに植えようとか、剪定《せんてい》や肥料のことやら、算段している。

一方、父親の芳太郎は隠居所に移ってから将棋に興じている。忙中閑ありの旗本や御家人と違い、大店の主として働いていた芳太郎に、これまで将棋をさす時間はなかった。ゆえに、隠居仲間相手でも、負けてばかりだが、それで腐ることもないようだった。

麻と鶴次郎は入口をあけ、訪《おとな》いを告げた。

「まあ、お麻さまに鶴次郎さま。よくいらっしゃいました」

女中のチカの声に、父親と母親がいそいそと出てきた。

「おっかさま、おとっつぁま」

「まあ、お麻。鶴次郎さんも」

「よく来てくれたな。さ、入れ入れ」

そのとき、ふたりの後ろから、半白の女と、麻よりちょっと若い女が顔を出した。

「お麻さん、鶴次郎さん、ご無沙汰しております」

「弥生《やよい》おばさまにお百合《ゆり》さん、いらしていたんですか。お久しぶりでございます」

弥生は芳太郎の末の妹で、百合はその娘だ。

弥生夫婦も、昨年、公事宿を跡継ぎの息子夫婦に譲り、隠居の身となり、兄・芳太郎のいる根岸に隠居所を構えたのである。

座敷には大きな火鉢がふたつおかれ、ほんのりぬくもっていた。挨拶もそこそこに女たちのおしゃべりがはじまる。

主役は叔母の弥生だ。

「今日は地震見舞いに来たのよ。お義姉さん、地震怖いの口でしょ。昨日の地震は、私もびっくりして外に飛び出したくらいだったもの。どうしているか、心配で……」

「お気遣いいただいてありがとうございます。実は私たちもそれで出かけてまいりましたの。おつかさまの元気そうな顔を見て、ほっとしました」

弥生は麻にうなずき、鼻をくしゃっとさせて笑った。

「寝込んでいるかもしれないと思っていたのに、意外にぴんぴんしていてびっくりよね」

八千代がほほ笑む。

「ご心配をおかけしていたみいります。でも、ここに越してきてから、地震があっても、大丈夫、大事にはならないって自分に言い聞かせると、少し気持ちが落ち着くようになりましてね。年の功かしら」

「だとすると、年をとるのもまんざら悪いことだけじゃないってことね」

弥生と八千代が顔を見合わせて笑っている。麻は百合に耳打ちした。

「おじさまは？」

「おとっつぁまは能楽の会だって。能の稽古用の部屋をお持ちのご隠居がいらして、そこに同好の士が連日集まって、舞ったり、唸ったりしているのよ」

百合は、十七歳で堀江町《ほりえちょう》にある団扇《うちわ》問屋『伊勢忠《いせちゅう》』の庄左衛門《しょうざえもん》に嫁ぎ、娘ひとり、息子ふたりに恵まれた。年は麻が三つほど上だが、麻は一人っ子、百合は弟が三人で女きょうだいがいない。百合は麻の妹のようなものだった。

「ここでお百合ちゃんと会えるなんて」

「半年ぶり？」

「そうね。そちらのご先代の野辺送りでお会いしたっきりだから」

百合の舅にあたる伊勢忠の先代・伝右衛門《でんえもん》は梅雨《つゆ》があけたころに亡くなった。

それは盛大な通夜、野辺送りで、百合は喪主である夫の庄左衛門の傍らでかいがいしく立ち働いていた。

「その節はお世話になりました」

「少しは落ち着いた？」

「なんとかやっております」

くすっと百合が笑って、自分の唇に人差し指をあてる。

「相変わらず、お麻さん、紅がよく似合って」

「弥生おばさまに、いい年をして派手すぎると、また怒られそうだけど」

芳太郎が鶴次郎に話す声が聞こえた。

「よう来てくれた。鶴次郎。今日は女ばかりで、どうにも分が悪くてな。いや、お前が来てくれて助かった。ゆっくりしていけるのか」

「お言葉に甘えて、そうさしてもらいます」

「となったら」

と芳太郎は廊下に控えていた政吉に声をかけた。

「昨日に続き、ご苦労だったな、政吉。……おチカ。彦佐《ひこざ》に政吉の相手をさせろ。政吉、お茶がいいか、酒でもいいぞ。酒なら売るほどある」

政吉は酒と重箱、浅草餅の包みをおき、下がっていく。

芳太郎は正月を迎えれば五十六歳になるが、背丈は鶴次郎、つまり麻とほぼ変わらない偉丈夫である。妹の弥生も女にしては背が高い。

麻の背の高さだけでなく、うりざね顔に大きな目と口もまた、父方譲りだ。

一方、母・八千代は、背は人並み、博多人形のような品の良い顔だちで、若いころから非の打ちどころのない美人と評判だった。

――おまえは本当におとっつぁまそっくり。……長一郎《ちょういちろう》は私によく似ていたのに。

子どものころ、麻の髪を結いながら、八千代はよくつぶやいた。

麻には長一郎という弟がいた。麻を産んで五年、もう子は生まれないかもしれないと両親がすっかりあきらめていたころに授かった子だった。

長一郎が生まれた時の芳太郎と八千代の喜びようと言ったらなかった。

――跡取りができた！　これで千石屋も安泰だ！

芳太郎は万歳、万歳と叫び、奉公人はもちろん、通行人にまで樽酒をふるまった。

お七夜には「命名　長一郎」と墨痕麗しくしたため、お宮参りには宝尽くしの本絹羽二重の着物を用意し、初節句には、商人には不似合いの立派な兜《かぶと》と、一刀彫の金太郎の人形をにぎにぎしく飾った。

歩き始めると、すかさず一升餅をかつがせもした。

八千代によく似てかわいらしく、よく笑う子だった。

だが、長一郎は二つになった四月、突然、はやり病で亡くなった。

両親の嘆きようは、麻の目にも痛ましいほどだった。

八千代は二月ほど寝こんだ。透き通るのではないかと心配になるほど痩せ、涙をこぼさぬ日はなかった。父も笑うことがめっきり減った。

麻も弟を失ってさびしかった。

母がようやく床から起きると、麻は弟の長一郎の分まで元気でいなければと、ことさら快活にふるまった。男の子のように家を走り回り、木登りもした。

——おまえは元気でいいね。悲しくないのね。長一郎がいなくなっても。

そういわれたとき、母には自分がそう見えているんだと、麻の心はひどく痛んだ。

——私に似れば人並みだったのに、おとっつぁまに似てしまったから、そんなに大きくなってしまって。男の子だったよかったのに。

八千代がそういうたびに、自分がはやり病になって、長一郎が生きていればよかったと思った。

麻が人前に出るのが怖くなったのはそれもあってのことだ。人の目に自分がどう映っているのかと考えると、怖くて身が縮みあがる気がした。自分に自信が持てず、いつもびくびくしていた。

そんな臆する気持ちを吹き飛ばしてくれたのが、十五のときに出会った紅だった。

それから麻は変わった。本来の自分に戻ったのか、新たな自分を見つけたのか。どちらでもかまわない。とにかく、楽に息ができるようになった。

そして麻を丸ごと受け入れ、どんなときも麻の味方になってくれる鶴次郎と出会った。

鶴次郎と一緒になり、京太郎に恵まれ、自分も母親になって、麻はあのときの八千代の苦しみや悲しみが多少なりともわかったような気がする。

八千代の時間は、長一郎が死んだときに一度止まってしまったのだ。

悲しみで胸がいっぱいで、麻の気持ちに気づく余裕などなかったのだ。

八千代はもう、そんなことを麻にいったことさえ覚えていないだろう。

麻もう忘れなければならない。

けれど、ふとした折に、麻は今でも、八千代に自分が責められているような気がすることがある。

考えすぎだとわかっている。それでも身をすくめてしまう往生際が悪い自分を、麻はまだ手放すことができない。


三段の重箱の蓋を開けると、百合が歓声をあげた。

「まあ、おいしそう」

重箱には、煮物や魚の煮付け、菊を散らしたおひたし、豆腐やこんにゃくの田楽、海老の天ぷら、炊き込みご飯など、早起きをして女中の菊と麻が腕をふるった品々がぎっしりつめられていた。

料理を豆皿にとりわけると、それぞれの膳が皿でいっぱいになった。

さらに奥からアナゴのかば焼きが運ばれてきた。こちらは弥生のお土産だという。

「この近くにアナゴを売る店ができたんですよ。日本橋の『吉川《よしかわ》』の鰻とはいかないけれど、あぶり食うときはうなぎに負けず劣らずといいますでしょ。なかなかいけますの。

お義姉さんがもし地震で寝込んでいても、これなら精がつくと思って。いえ、起きていらしてよかったんですけどね」

弥生は口から生まれてきたようなところがあり、いえないことがない。ずけずけいって、けろっとしている。

弥生が隠居して本宅を離れたら、長男の嫁はようやく羽をのばすことができたのか、人が変わったように明るくなったという話は、新川まで聞こえていた。

「鶴次郎、商売はどうだ」

「上方の酒の出来がよく、昨年よりも売り上げが伸びております」

「横浜の話はどうなった？」

「先日、お麻と一緒にいってまいりました。今はまだまだですが、これから大きくなる町ですので、得意先を広げる手はずを少しずつ打っていくつもりでおります」

「そりゃ、よかった。まあ、飲めって、飲めんかったな」

「お茶、いただきますよって」

芳太郎と鶴次郎は目を合わせて笑った。

これがふたりのお決まりの乾杯の合図である。

芳太郎は鶴次郎が小僧だったときから目をかけてきたのだ。

母の八千代と百合は乾杯をつきあうだけだったが、弥生はいける口で、麻とふたりでさしつさされつがはじまった。

「おっかさま、今日、こちらに伺って本当によかったですわね。こんなおいしいものを頂けるんですもの」

百合は煮物が入った皿を手に取りながらいった。

弥生は空になったおひたしの皿を膳においで、麻にほほ笑んだ。

「師走だというのに、もうお正月がきたような。お麻さん、料理の腕をあげましたね。うちの嫁にこれを見せたいくらい」

「まあ、そんなことをいったら罰《ばち》があたりますよ。いいお嫁さんじゃない。商売熱心だって評判でしょう」

八千代が笑いながらいなしたが、弥生は顔をしかめて見せた。

「こっちに顔を見せるのなんて、用事があるときだけ。だから、訪ねてきたときには何かあったかと構えるようになっちゃって。うちの嫁が重箱を持ってきたことなんて、一度だってないわよ。地震があったから顔を見に飛んで来てくれるなんて、やっぱり実の娘がいちばんよ」

　実は地震見舞い以外にもうひとつ用事があってきたのだが、麻は苦笑しながら弥生に酌をした。

「お百合さんも地震見舞い？」

「そう。といいたいところだけど、実は骨休めを兼ねて両親の顔を見に来たの」

「お百合が来ることは、三日前から決まってたのよね」

　弥生がからっと笑った。

　突然、ふうっと、八千代の口から長いため息がもれた。

「弥生さんがうらやましいわ。お嫁さんがいるんですもの。私もお嫁さんがほしかった」

　盃を運ぶ麻の手が止まった。自分の頬がこわばるのがわかる。

　一瞬、場に沈黙がおりた。

　それをあっさり破ったのは鶴次郎だった。

「煮物の椎茸、立派やな。肉厚でふっくら。こんなん、普段のお膳にはでてきませんで。お麻、奮発しましたな」

「どんこだわね。鶴次郎さんのいう通り、こんな上等な椎茸を普通に食べる人は、きっと公方《くぼう》様くらいですよ」

弥生がことさらほがらかにいう。長一郎を失ったとき、弥生はたびたび見舞いに来て、八千代の嘆きを受け止め、慰めてくれた。八千代の言葉に潜む翳《かげ》に、弥生も気づいたに違いなかった。

弥生は麻をいたわるように見て、わかってるからというようにほほ笑んだ。

麻は顔をあげた。紅をつけてきた。紅はまだとれていない。

麻をわかってくれる鶴次郎も弥生もここにいる。そう自分に言い聞かせ、口元に笑みを浮かべる。

「この煮物は、おっかさま仕込みのお菊が腕によりをかけたんです。弥生おばさまからお褒めの言葉をいただいたと知ったら、どんなに喜びましょう」

「お菊に伝えるのが楽しみやな。身ぃをよじって喜びはるで」

鶴次郎が合いの手をいれた。

百合はそんな麻と鶴次郎を交互に見た。

「よろしいわねぇ、おふたり、仲がよくて。思い思われて一緒になったんですものね」

「お百合ちゃんだって、熱々のご夫婦じゃない。今日、お子さまたちは？」

「女中に頼んでまいりましたの。久しぶりに」

珍しいこともあると麻は思った。確か長女は十一歳、長男は八歳、次男は三歳だったはずだ。

百合は子煩悩で、とくに末っ子の次男は猫かわいがりしている。

子どもたちをおいてわざわざ根岸に来たのは、もしかしたら大事な用事があったのではないか。そこに麻と鶴次郎が飛び込んできてしまって、話を切り出す接《つ》ぎ穂《ほ》を摘んでしまったのではないかと、麻の箸が止まった。

そのとき、百合が盃をとった。

「私も、少しいただこうかしら」

「お百合ちゃん、お酒を召し上がるの？　知らなかった」

「血筋でしょうかしら、結構いけますの。たまにうちのにお相伴するんですよ」

「ええですな。夫婦で飲むとは。うらやましいこってすわ」

百合の盃に鶴次郎が気軽にお酌して、会は和やかに盛り上がっていく。

やがて「そろそろ」と弥生と百合が立ち上がった。百合の頬が赤く染まっている。

「お百合ちゃん、堀江町に帰る前にお水を飲んでおいきなさいな。酔い覚ましになるから」

「今日はこっちに泊まるの。すぐそこだから心配いらないわ」

「あら、ゆっくりでいいわね」

麻はそういいつつも、やはり子どもをおいて百合が父母の隠居所に泊まるのは意外な気がした。

「お麻ちゃん、明日、伺っていいかしら」

見送りに出た麻に、百合が小声でいった。

「新川に？　もちろんよ」

「じゃ、昼過ぎに」

弥生と百合に下男の彦佐が付き添っていくのを見送り、中に入ると、麻と鶴次郎は、芳太郎と八千代に向き直った。

麻と鶴次郎は、ふたりに、正月は本宅で過ごしてほしいと言いに来たのだった。

昨日、地震見舞いに走った政吉に、芳太郎は、正月は根岸でゆっくりするので本宅には戻らないといったという。隠居したとはいえ、これまでは盆と正月は本宅にもどってきていたのに。

「正月は新川に戻ってきてくれませんか。おとっつぁまとおっかさまがいなければ正月という気持ちがいたしません。店のもんも奥のもんも、大旦那さんと大女将さんを待っとります。正月におられんかったら寂しがります」

「しかしな、店のものは晦日《みそか》まで掛け取りで走り回っている。奥のものも忙しく立ち働いている。いくら隠居とはいえ、そういう中でじっとしているのは正直、肩身が狭い気がしてな」

「店を守り立ててくれたおふたりが正月、座敷にどんと座ってくれはるだけで、店に芯が生まれます。そのお顔を見るだけで、私もお麻も心底、安心します」

「おとっつぁまとおっかさまがいない正月なんてやっぱり私、寂しいわ。ふたりがいない年越しなんて今までなかったもの。帰ってきてよ、お願い」

麻は八千代を見つめた。

「ここにはおチカも彦佐もいるし、弥生さんご夫婦もこっちで年越しするんですって。正月には、おまえたちも顔を出してくれるでしょう」

「私たちは挨拶回りでばたばたしているから、三が日はとてもじゃないけど、こっちに来られないわよ」

「わかってるよ。三が日が終わってからでいいから」

「戻ってきてよ。正月くらい」

話は堂々巡りで、結局、ふたりから色よい返事は聞けなかった。

帰り道、麻と鶴次郎は並んで歩いた。後ろから政吉がついてくる。

「ほんと、うちの親は頑固すぎるわ。年をとってますます頭が固くなったんじゃないかしら」

「でもおふたり元気で揃うていて、うらやましい限りだす」

鶴次郎の母は三年前に病で亡くなった。父親は兄家族と暮らしている。

麻は二度、鶴次郎の両親と会ったことがある。

祝言のときが一回。二度目は十年ほど前に、樽廻船に乗って大坂からふたりで江戸に来てくれた。得意先をまわるためといっていたが、それはつけ足しで、ふたりは鶴次郎に会いに来たのだ。

父親は体も声も大きく、豪快でほがらかな人だった。母親もたっぷりと太っていて、よく笑う人だった。

　母親が寝付いたとき、鶴次郎は一度、実家に戻っている。それが永の別れとなった。こちらに帰って二日後、訃報が届いた。

　覚悟していたとはいえ、鶴次郎は本当に辛そうだった。鶴次郎は四人きょうだいで、兄がひとり、姉がふたりいる末っ子だ。

――この子はいっつもおかあはんのあとを追っかけてた子やった。ねんねこから足がにょっきり出るまで、おんぶしてたんでっせ。子守りやなくおかあはんに。重たいのにおかあはんも、最後の子や思うて。それからもみながあきれるほど甘やかして。せやから、お麻さんに甘えるかもしれん。それでもどうぞ、見放さんでおくんなはれ。

　祝言の時、父親が冗談交じりにいった。そのとき母親と鶴次郎が顔を見合わせて幸せそうに笑っていた。

　鶴次郎の父はいまだに、酒問屋の店に顔をだし、日がな一日、店の様子を眺めているらしい。だが、その体はぐっと小さく丸くなったと、先日の長兄からの文にあった。

「折をみて、また頼みに行ったらよろし」

「老いては子に従えって、言葉もあるのに」

「そういえるのは、親が元気だからでっせ」

鶴次郎は肩においた手に力をこめ、麻を抱き寄せる。すかさず、んんっという政吉の咳払いが後ろから聞こえた。

夕暮れの空に、細い三日月が光っていた。

翌日の昼すぎ、百合がやってきた。

挨拶をすませた鶴次郎が店に戻ろうとすると、百合は思いつめたような顔で引き留めた。

「できましたら、鶴次郎さんも聞いてくださいませんか」

「わてで役に立つことでしたら」

鶴次郎があぐらをかくと、こげ太がすかさず懐に入る。茶々は麻の膝の上で丸くなった。

話は百合の亭主・庄左衛門のことだった。

庄左衛門はこのところ、浮かない顔をして仕事も上の空だという。夜遅く酒の匂いをさせて帰ってくることもある。

「浮気だと思うの。本気かもしれません」

百合はくっと唇をかみしめた。麻は顔を横に振った。

「まさか、庄左衛門さんに限ってそんなことあるはずが……」

庄左衛門は百合より五歳上の三十四歳。商売熱心で家族思いと評判の男である。

庄左衛門は母を早くに亡くした。一人っ子できょうだいもいない。父の伝右衛門は半年前に亡くなった。

庄左衛門の身内は今や百合と子どもたちだけだ。百合をないがしろにするなど、考えられなかった。

「あの人が誰かと一緒にいるかと思うと私、夜も眠れなくて」

百合はくりっとした目が愛らしい。だが目の下には青黒いクマができ、目には険が浮かんでいた。

「何か思い当たることがあるの？　女から文がきたとか、大金を持ち出したとか」

ううんと百合が首を横に振る。

「証拠を残すような人じゃないもの。問い詰めても、惚れた女などいないの一点張り。でも女じゃなかったらなんだっていうの」

手巾で目をおさえる百合を鶴次郎が困ったような顔で見て、すいっと目をはずした。

鶴次郎は優しくよく気が付く男だが、泣く女は苦手中の苦手である。泣かれたとたん、お手上げとなる。

以前、菊が叱った若い女中・かめが庭でしょんぼりしていたときに親切心から声をかけ、慰めたら、泣きだしてしまったことがあった。鶴次郎は、ちょうど縁側に出てきた麻を大慌てで呼び、「あとはよろしゅうお頼みしますわ」と押しつけ、逃げるように立ち去った。

涙を流している女を見ると、どうしていいのか、わからなくなってしまうのだという。

「お百合ちゃん、気持ちはわかるけど、大事な話だから落ち着いて。泣かないで話そう」

麻にいわれて、百合はしゅんと洟をすすり、顔をあげた。

「こんなこと聞くのもなんだけど、商いはうまくいっている？」

庄左衛門の父・伝右衛門が亡くなったのは半年前である。先代がなくなったとたん、店が傾くという話もないわけではない。

「番頭はいつも通りだし、大事ないと思う」

伊勢忠で取り扱っている団扇は、房州《ぼうしゅう》団扇と丸亀《まるがめ》団扇、京団扇と、団扇全般だ。

　団扇は夏のものと思われがちだが、団扇に役者絵を描くようになり、近頃では一年を通しての商いとなった。

　ただし仕込むのは秋からである。そのため、手代の何人かはこの時期、房州、京都、香川《かがわ》などをまわっている。秋から冬にかけて団扇の骨である女竹を伐採するからだった。

　伊勢忠は洗練された団扇絵で、特に人気を集めていた。浮世絵入りの団扇は一本が四十文以上するものもある。

「仕事柄、浮世絵師や役者とのお付き合いもあるんじゃないの」

「だったらそういえばいいじゃない」

　また百合は唇をかむ。

「お百合さんは、庄左衛門さんのことがほんとにお好きなんやな。そんなお百合さんをこんな気持ちにさせて、庄左衛門さんはあかんたれや」

　麻は茶々をなでながら首をひねった。

「女じゃないといい張るなら、きっとその通りなんじゃない？」

「だったら男？」

「色恋じゃないかも」

「じゃ、なんなの」

「わかんないけど、でも、庄左衛門さん、お百合ちゃんを裏切るようなことはしてないって気がするの」

「お麻さん、鶴次郎さんが断りもなく朝帰りしてもそういえる？」

「わてが？　朝帰り？」

鶴次郎がきょとんとした顔になった。

「そりゃ、腹が立つだろうけど。女じゃないと言われても胸倉つかみたくなるだろうけど」

鶴次郎が首をすくめる。

「でもこの人、まるっきりの嘘はいわないと思うの。相手が女だったら、後ろめたいような顔をするか、へどもどするか……」

「……そんなこと思ってまんのか、お麻」

「今思っただけよ。……女じゃない、とまでは開き直らないと思う。わからないけど」

「わかりますがな」

鶴次郎はぱちぱちまばたきを繰り返し、ひどく居心地悪そうにしている。

さっき百合に引き留められたときに、なぜ、「ちょっと忙しくて。話はふたりでどうぞ」と断って店に戻らなかったんだろうと鶴次郎が後悔をしているのが、麻には手に取るようにわかった。

「お百合ちゃん、ここは賢く立ち回りましょうよ。問い詰められると、どうしていいかわからなくなって。話をするどころじゃなくなる男もいるんじゃない。もしかしたら庄左衛門さんもそうかも。だったらお百合ちゃんの気持ちをとりあえず内に収めて、いつも通りにしたほうがいいんじゃない？」

「じゃ、あの人がどこかにでかけて帰ってこないのを放っておくっていうの？」

「ううん。ひとことだけはいうの」

「なんて？」

「話せる時が来たら、私に打ち明けてくださいますねって」

「釘《くぎ》をさすわけね」

「……こわ」

また首をすくめた鶴次郎に、麻はちょっと頰をふくらませてみせた。

「そのくらいはいっておかないと……お百合ちゃんの気がすまないわよ」

「……私にできるかしら」

「できるわ。だって、お百合ちゃん、庄左衛門さんに惚れてるんだもの」

なんとか納得し、帰ろうとした百合を引き留め、「いやじゃなかったら」といって麻はその唇に紅を塗った。

「派手じゃない？」

手鏡をのぞきこんで、百合がいった。麻が苦笑する。

「それを私にいわれても。……お百合さん、このほうがきれいよね、鶴次郎さん」

「顔が明るう見えますわ」

百合は鏡をのぞき込み、笑顔を作った。

「この紅はまじないよ。庄左衛門さんの前で、お百合ちゃんが泣かないまじない」

百合は麻にうなずいてほほ笑んだ。


千石屋の奉行人は、連日駆け回っている。正月用の酒やら、お歳暮の酒やら、注文が山とあり、菰樽を積んだ大八車が途切れなく店から出て行く。

十三日は大掃除だった。

高張提灯をたてて、出入りの鳶《とび》職人まで駆り出して、にぎにぎしく店を掃除する『越《えち》後屋《ごや》』とまではいかないが、奉公人たちは尻っぱしょりに頬かむりで煤竹《すすだけ》を持ち、店や蔵の掃除にとりかかる。

天井や家財を煤竹でこすると、黒い煤がどっさりかたまりになって落ちてくる。蠟燭や炭で、一年で、これほど黒く染まるのかと驚くほどだ。

麻も姉さんかぶりにたすきをかけて、菊たちと煤払いに精を出した。背が高いので、娘時代から、煤払いがうまいといわれていい気になってやってきたが、顔が真っ黒になるのだけは往生してしまう。

掃除がすみ、この日のために用意した餅にみなが舌鼓を打っている間に、麻はひと足先に銭湯にいった。急いで帰宅するとご祝儀酒と酒の肴の準備にとりかかる。

麻と入れ替わるように奉公人たちが銭湯でひと風呂あび、戻ってくると、鶴次郎がみなに酒と麻の手になる肴の数々をふるまい、この日ばかりははやめに夕飯が終わる。いつもの夜中の見回りもなしと決めているので、飲みに出かける奉行人も多い。すべて見て見ぬふりの特別な日なのである。

千石屋ほどの身上だと、掃除は一日だけでは終わらない。その間は、祝儀酒のふるまいも続いた。

根岸に行き、両親の説得もしたい。百合のことも気になる。

そう思いつつも、目の前のことに追われて、麻は家を離れられずにいた。

けれど、年越しは近づいている。

正月は待ったなしなわけで、麻は両親に文をしたためることにした。いつもなら文を持って行ってもらう政吉も師走のことでそれどころではなく、ちりんちりんの町飛脚《びきやく》に頼むことにしたのだが、こういう時に限って店の前を通らない。

ちりんちりんの町飛脚こと、便り屋は文や小荷物を江戸内と江戸周辺限定で届ける飛脚で、風鈴を先に下げた棒をさした小さな箱を背負い、町をまわり、仕事を請け負っていた。

いつ来るかわからないものを待っているより、便り屋の店まで届けたほうが早いと、麻は前掛けをはずし、久しぶりに外に出た。便り屋の店は行徳河岸にあった。

湊橋に続き、箱崎橋を渡ったときだった。麻は左手の汐留《しおどめ》橋を渡ってくる庄左衛門に気が付いた。得意先からの帰りなのだろう。伊勢忠と白抜きをした法被を着た手代を伴い、足早に歩いている。

「お麻さん！　先日は根岸で、うちの百合がお世話になったそうでありがとう存じました」

庄左衛門を呼び止めようとした矢先、向こうから先に気さくに声をかけてきた。

人より頭ひとつ背が高い麻は目立つため、すぐにそれと知られるのである。隠れたくても隠れられないとか、自分が気が付いていなくても、ほかの人はみな、麻に気が付いているという不都合もままあるが、こういうときは便利でもある。

庄左衛門の声は柔らかかった。手広く商売をしているのに腰が低く、商人仲間にも評判がいい。美男ではないが愛嬌があり、百合と一緒になる前は、芸妓に思いを寄せられ、華やかなうわさも流れていた。

「こちらこそ、久しぶりにおしゃべりできて、楽しゅうございました。お子さんも大きくなられたそうで。それにしても、先代が亡くなられてもう半年だなんて……今年はご苦労も多かったでしょう」

「その節は大変お世話になりました。みなさまのおかげでなんとかやっております。月日のたつのは早いものですな。それでは先を急ぎますので。鶴次郎さんにもよろしくお伝えくださいませ」

話を打ち切り、庄左衛門は一礼して去っていった。庄左衛門は少し痩せたようだった。何があったのかと聞きたかったが、気軽に尋ねられることではなく、引き留めることすらできなかった。

だが、その夜、庄左衛門がひとりで突然、訪ねてきた。

硬い表情で折り入って話があるといい、庄左衛門は麻と鶴次郎に思いがけぬことを打ち明けた。

庄左衛門が辞すると、麻は酒に燗をつけた。その後ろでうろうろしながら、鶴次郎はため息をつく。

「お麻はええなぁ。こういうときに酒を飲めて」

麻は苦笑しながら、鶴次郎に番茶をいれ、庄左衛門がもってきた饅頭をさしだした。

今日は百合が訪ねて来るのではないか、明日こそはと、やきもきしながらも、麻はばたばたと暮らしていた。

煤払いが終われば、歳暮のやりとりが佳境となる。親戚や得意先、友人知人に歳暮を届けに回り、店にも家にも歳暮を持った客がひっきりなしにやってくる。

伊勢忠の歳暮には、政吉をつかわした。麻自身が出向こうかと一瞬思ったが、例年通りにした。他人が先走ってはろくなことにならない。

二十四日には注文していた正月用の餅が餅屋の『笹屋《ささや》』から届いた。もち米五斗（約七十五キロ）分の、鏡餅、のし餅、水餅である。

千石屋でそれだけの量を食べるわけではない。鏡餅と、水餅で作ったあんころ餅の大半は、雇人や長屋の差配人、伝馬船の船頭や水主に、女将の麻自らが手渡す。餅を配るのは千石屋の師走の決まり事であった。

――お麻、よく覚えておきなさい。お正月に飾る鏡餅は、新しい年に豊かな実りをもたらしてくださる年神さまをお迎えする大切なもの。お正月の間、年神さまは鏡餅にいてくださり、元気に過ごす魂を授けてくださるんだよ。お正月があけたあと、鏡餅を開き、年神さまの魂が宿った鏡餅を食べるのは、それを分けていただくためだ。奉公人や日頃お世話になっている人に、鏡餅を女将が毎年手ずから渡すのは、そうした人あっての千石屋の繁栄だから。心をこめてお渡しするんだよ。

八千代は毎年、麻にこんこんと言い聞かせ、八千代から、その役割を麻が譲り受けて、今年で十年になる。

百合がやってきたのは、蔵からお節料理を入れる重箱を取り出し、いよいよお節料理の下ごしらえと正月のしつらえの仕上げにかかろうとしていた二十七日だった。今日でよかったと、麻はそっと胸をなでおろした。

明日二十八日からは奥はますます忙しくなる。

正月飾りは、晦日では、一夜飾りとなり、年神さまに失礼にあたるといわれる。また二十九日は「ふく＝福」に通じるといい、その日に正月飾りをするところもあるそうだが、このあたりでは「九」が「苦」に通ずることから「苦持ち」「苦をつく」といわれ縁起が悪いとされていた。

というわけで、江戸の者は、正月飾りを二十八日か三十日に行う。千石屋では二十八日であった。大きな鏡餅は床の間と入口、店の帳場に。小さいものは、神棚や仏壇、台所の荒神様の前や蔵にも飾る。それぞれの鏡餅は、白い奉書紙《ほうしょがみ》を敷き、紙垂《しで》をたらし、裏白（シダ）を飾った三方に載せ、橙《だいだい》を載せる。

神棚や荒神様の紙垂もすべて新しいものに取り替えるし、床の間や入口の花や掛け軸も正月にふさわしい松竹梅や鶴亀に替える。店と家の入口の前は中に向かって左側に雄松、右側に雌松の門松をたて、しめ飾りを下げる。

昨年は年越しに戻ってきた八千代も手伝ってくれたが、今年はこの分だと女中頭の菊と麻のふたりですべての陣頭指揮をとらねばならず、明日からは百合の相手をするどころではなかった。

「ごめんなさい。忙しいときに。でも、新しい年に持ち越すのもはばかられて……」

百合は唇に紅をつけていた。泣かないまじないの紅だ。

鶴次郎が店からわたわたと戻ってきて座敷に腰をすえると、百合は、庄左衛門が夜でかけていた理由がわかったと、神妙な面持ちで切り出した。

「三月ほど前に、あの人、千住《せんじゅ》のお得意さまを訪ねていったんです。来年の祭りで使う団扇の相談とかで。その帰り、下駄の鼻緒が切れてしまったんですって」

それがすべてのはじまりだった。

千住は日本橋から見て日光街道の最初の宿場町だ。広大な農村地帯があるうえ、隅田《すみだ》川《がわ》の水運の要衝でもあったことから、千住の「やっちゃ場」は神田・駒込と並び江戸の三大市場の一つに数えられる幕府の御用市場である。

歩けば相当な距離だが、舟をつかえば一日で往復できる。

鼻緒が切れたのは、船着き場の手前だった。あたりを見回すと、幸い、すぐそこに、小さな下駄屋があった。店構えわずか一間半（約二・七メートル）、鼻緒が切れたりしなければ、見過ごしてしまった小さな店だった。

店には奥で下駄を作る主人のほかに、誰もいなかった。

「急のことで申し訳ないが、鼻緒を付け直しておくれ。ついでなので両方頼むよ。また切れたら面倒だ」

「いらっしゃいまし。すぐにいたしやす。こちらの雪駄に履き替えてお待ちください」

主は言葉少なにいって、庄左衛門を上がり框に座るように促した。

庄左衛門の下駄を受け取ると、主は鼻緒に合う本草（麻紐）の色を選び始めた。

「知らなかったよ。ここに下駄屋があったなんて。まあ、私もめったにこっちにはこないがね」

「お店はどちらですか」

「日本橋だよ。この店を開いてどのくらいになるのかね」

「三十年ばかり前に、親父《おやじ》の兄弟子が開いた店なんですよ。その人には子がなく、十年ほど前に親父がこの店をゆずっていただきましてね。四年前に親父がなくなってから、息子の私が引き継ぎました。旦那さんの下駄、上物ですね」

「それほどのものじゃないよ」

手持無沙汰な気がして、庄左衛門は立ち上がると、商品を見て歩いた。

手前には手ごろで丈夫なものが並べられていたが、奥には、塗りや焼き絵を施した下駄や、からす表の雪駄や亀皮の雪駄、印伝や天鵞絨《ビロード》の鼻緒までそろっていた。

庄左衛門はふと印伝鼻緒を手にした。

深い緑の地色に白の市松柄の印伝だった。

なじみの下駄屋は、大店の主人や隠居が通う老舗だが、十年一日のごとく、いかにも金がかかっている同じようなものばかり置いている。印伝も渋く品のいい、昔からの意匠のものばかりだ。その店で、庄左衛門は伊勢忠の主として恥ずかしくない、長持ちしそうなものを吟味してきた。下駄などそれでいいと思っていた。

だが、この鼻緒を手に取り、思いがけず庄左衛門の胸がはずんだ。緑の印伝の鼻緒をすげた下駄をはいてみたいと思った。

次に庄左衛門の目に飛び込んできたのは、桐の下駄だった。思わず手に取った。台の表面から歯まで、まっすぐに木目が通っている。幅がやや狭く、すっきりとして形も美しかった。下駄が美しいと思ったのも、はじめてだった。

さらに驚いたことに、鼻緒も下駄も、なじみの下駄屋のほぼ半値であった。

「よい下駄でございましょう。大きく育った桐の木からでないと、これほど綺麗な柾目《まさめ》は出ません。うちの店にあるいちばんいい下駄でございます」

奥から出てきた女が後ろから声をかけた。

「仕上がるまでお茶をどうぞ、手代さんも中にお入りくださいな」

女は上がり框に湯呑を盆ごとおき、外で待っていた手代にまで声をかけた。

庄左衛門がふりむくと、女はまばたきをし、何かを思い出したかのようにそそくさと奥に戻って行った。五十がらみの女だった。

そのとき、主の声がした。

「旦那さん、鼻緒ができやした」

はいてみると、具合がいい。主の目が庄左衛門の手にしていた鼻緒と下駄に注がれた。

庄左衛門は主に鼻緒と下駄を差し出した。

「この下駄にこの鼻緒をすげてくれ。気に入った。いただくよ」

それまで淡々と話していた主の顔に笑みが浮かんだ。

「ありがとうございやす。おふくろのいう通り、この下駄はうちのいちばんでして。お目が高くていらっしゃる」

手際よく、主は鼻緒をすげていく。長い指だ。

下駄ができあがると、男は紙で包んだ。『八屋《はちや》』と判子がおしてある。包みを受け取った庄左衛門はふと尋ねた。

「八屋の由来は何だね」

「店を開いた先々代が末広がりで縁起がいいと名付けたそうです。親父もおふくろも八王子から出てきたんでちょうどいいって、この名も継がせてもらいやした。このへんにいらしたときにはまたお寄りくださいまし」

「年に二、三度かな、千住までくるのは。うちは団扇屋でね。団扇を買うときには、日本橋堀江町の伊勢忠のものを選んどくれ」

「……かしこまりました」

「いい買い物をしたよ。ではまた」

そういって店を出て行き、ふと振り返った庄左衛門の目に、表情が消えたような主の顔が見えた。

下駄は足に吸い付くようだった。桐の下駄は誰にもほめられた。

七日、十日、二十日……月日はたち、秋が深まっていく。

だが庄左衛門の胸に次第に、暗い思いが広がっていった。

思い出されるのは、死ぬ前の父親・伝右衛門の言葉だった。

床についた伝右衛門は自分が長くないと悟ったのだろう。庄左衛門を呼び、人払いをし、母・さとの話をしたのだ。

庄左衛門は、さとは亡くなったと聞かされて育った。だが、そうではなかった。さとは生きているという。

事実はやるせないものだった。

母・さとは八王子の百姓の生まれで、女中として十三歳で伊勢忠に奉公した。

その五年後、二十歳で修業先の店から戻ってきた伝右衛門は、素朴で優しく、愛らしい顔立ちのさとにひかれ、なさぬ仲となった。

先代の反対も退け、伝右衛門はさとを嫁に迎え、一年後、庄左衛門が生まれた。

だが、庄左衛門が三つのときに、さとは三軒隣にあった下駄屋『小松《こまつ》』の手代の新之《しんの》助《すけ》と逐電したというのである。その下駄屋は後継ぎがなく、すでに店を閉じ、今は袋物屋となっている。

――では、おっかさんは、男のために、おとっつぁんと三つだった私を捨てたのですか。

そのとき、庄左衛門の耳に庭で百合と遊んでいる次男の笑い声が聞こえた。

三歳の次男だ。まだあどけなく、かわいい盛りの子だ。

母はそんな自分を捨てたのだと、庄左衛門の手足が冷たくなった。なんて母親だと怒りがこみあげた。

鏡や水に自分の顔が映るたびに母親はどんな顔をしているのだろうと、思った時期もあった。母親の顔を覚えていれば気持ちの整理もできそうなのに、庄左衛門にはあいまいなおぼろげな記憶しかない。おさまりが悪いだけに、求める気持ちが消えないのではないかと思ったりもした。

でも本当の母親は父と自分を捨てて出て行ったのだ。鬼だ。

だが、伝右衛門は首をゆっくり横に振った。

――悪かったのはわしだ。すべてわしのせいだ。両親の反対を押し切って一緒になったものの、伊勢忠の嫁とは名ばかりで、おさとは女中のように扱われ、わしを誘惑した性悪女《しょうわる》と罵られた。そんな女に跡取りの世話はさせられないと、乳離れするや、おさとからおまえをとりあげた。

おさとはおまえを育てることさえ許されなかったのだ。

――以前おさとは、ほがらかで明るく、誰からも好かれる娘だった。だが、わしに嫁入りしたばかりに、舅姑からはいじめられ、かつての同輩たちからも、掌返しにあった。おさとを哀れに思っていた者もいたに違いないが、主人一家が率先して非道を行っている。奉公人は主の顔色をうかがうものだ。玉の輿に乗ったおさとへのやっかみもあっただろう。おさとの居場所はこの家のどこにもなかったんだ。

おまえも、おさとのことをおっかさんと呼ばなくなっていた。女中のように「おさと」と呼びつける。おまえのせいなんかじゃないさ。おまえはわしらの真似《まね》をしていただけなのだから。おっかさんと呼ぶよう教えなければならなかったのに、わしはそれさえしなかった。

いつしかおさとは笑わなくなった。そんなおさとをわしはわずらわしく思うようになった。かばうどころか、親の側についた。あの子の世話がしたいと忍び泣くおさとを突き放した。

家にいれば、いやでもうちしおれたおさとの姿が目に入ってしまう。それが気づまりで、わしは夜になると出歩くようになった。酒を飲み、玄人女に金をつぎこんだ。あろうことか、おさとの同輩の女中にまで手をつけた。

おさとが大川に身を投げようとしたのは、その女中本人からわしとの仲を聞かされた日だった。そのときにおさとを助けたのが、三軒先の下駄屋の手代の新之助だった。奇遇なことに、新之助とおさとのふるさとは同じ村だった。

「外聞の悪いことをしでかして」「伊勢忠の看板に泥を塗りかねないとんでもない嫁だ」家に連れ戻されたおさとに、浴びせられるのはあいかわらず罵声ばかりだった。

身投げなど狂言にすぎぬと思っていたんだ。わしもそうだった。

だから、おさとが新之助とともに逐電したとき、わしは怒りさえ感じた。また面倒なことをしでかした性悪女だ、と。だが二日たち、十日たち、本当に戻ってこないと思い知らされたとき、わしは自分がしてきたことにはじめて気が付いた。

だがおさとを探し、戻ってくれと頼む器量はなかった。頼んだところで、帰って来はしないだろうと追いかけもしなかった。

ただ人を介して、離縁状を八王子のおさとの実家に届けたのは、せめてものことだった。離縁状があれば、おさとは人として生きていける。

――それからは女遊びをやめた。次の嫁をもらうよう口うるさくいわれたが、そんな気にはなれなかった。以来、おまえを伊勢忠の立派な後継ぎにすることだけを考えて生きてきた。

おまえは奉公人をきちんと差配し、次々に新しい団扇を考え出す主になってくれた。だがそれだけで、商売がうまくいくとは限らない。お客は払いたいと思う相手にしか、お金を落としてはくれないからね。誰が教えたわけでもないのに、おまえはやさしく、人に好かれる男に育った。その性格はおさと譲りだ。……おまえはわしの轍《てつ》を踏んではいけないよ。お百合と末永く仲良く暮らしなさい。おまえから母親を奪ったわしを許しておくれ。

その話をした五日後、伝右衛門はこの世を去った。

だが庄左衛門から、母親に捨てられたという気持ちが消えたわけではない。

母親ならば、自分を殺しても子どものために生きるものではないか。

亡き祖父母には憤りを覚えた。混乱もした。

母親を踏みにじり、自分から遠ざけ、出ていくように仕向けた張本人が、生涯かけて、陰になり日向《ひなた》になり、自分をかわいがって育ててくれたのだ。最大の味方だった祖父母は自分の母の敵だった。

桐の下駄をはくと、八屋の老女の顔がふと浮かんできた。

さとが一緒に逃げたのは、八王子の同じ村から出てきた下駄屋の手代新之助だ。八屋。八王子の出で、下駄屋をしている夫婦など珍しくもない。

いや、そうそういないのではないか。

もしかしたら、あの老女はさとではないか。

老女をおふくろと呼んでいた主は、さとと新之助の息子ではないか。

早合点してはならない。きっとまったくの別人だ。

だが名前だけでも確かめたいという思いは、庄左衛門の中で日ごとにふくらんでいった。

ある日、庄左衛門は誰にも告げずに千住まで赴き、八屋の近くの蕎麦屋に入った。

蕎麦屋の店主は湯気の向こうで庄左衛門の問いに答えた。

――あの品がいいばあさんは、おさとさんだ。先代の主？　確か……新之助さんだったか。いい人だったよ。ふたり、仲が良くてね。

八屋に寄ったりはしなかった。できなかった。遠くからちらと目の端で見るのが精いっぱいだった。

以前と同様、庄左衛門は千住大橋近くの船着き場から舟に乗り、帰ってきた。顔をなぶるようにふきつけていた川風の冷たさだけを覚えている。

八屋の老女が実の母だとわかってよかったのか悪かったのか。次第に、悔しさや妬《ねた》み、黒い気持ちがふくれあがっていくのを、庄左衛門はどうすることもできなかった。

自分が父親と祖父母と暮らしてきた年月は決して不幸ではなかった。

だが、心の奥底でずっと母親を求めていた。死んだ母親に会いたい。名前を呼んでもらいたい。だきしめてもらいたい。そう思っていたのに、母親は生きていて、別の子の名を呼び、胸に抱いていたのだ。

下駄をみるたびに不愉快になり、焚《た》き付けにしようとさえ思った。

下駄を作っていた男にも激しく嫉妬した。庄左衛門が手に入れられなかった両親がそろった幸せを、あいつは手にしていた。

憂さを晴らすように、庄左衛門は飲み歩いた。

百合に意見されると、自分の過去を責められているような気持ちになり、腹立ちがつのった。思わずうるさい女だといい捨てたりもした。父・伝右衛門が母・さとにしたのはこういうことだったのかもしれないと心の隅で思いながら。

すべてを忘れてしまおうともした。

あのとき鼻緒は切れたりしなかった。下駄屋にいかなかった。母にも義弟にも会わなかった、と。

だが自分を偽ることはできない。

悶々《もんもん》と悩む日々が続いた。


「あの人、私に全部、話してくれたんです。そんなに苦しんでいたなんて……何も察してあげられなくて堪忍、っていうしかできなかった」

けれど、それで終わりにはならなかった。

打ち明けたからと言って、庄左衛門に生気は戻ってこなかった。

百合は、庄左衛門に知られたらよけいなことをしてと叱られるのも覚悟して、千住の八屋まで出かけて行った。供に店のものを使うわけにはいかない。嫁ぐときに婚家から連れてきた、口の堅い老女中を伴い、舟に乗ったという。

「店に入って草履を見ながら、ふたりの様子を確かめてきただけですよ。よさそうな人たちに見えたわ。ほんとのところはわからないですけどね。……でも思い切って、一度、会いにいこうって、あの人にいったの。あの人、暗い顔をしてため息ばかりついて。あの人が悪いことをしたわけじゃないのに。これじゃ生殺しだと思って」

麻と鶴次郎は顔を見合わせた。

ふたりは庄左衛門から、死んだとばかり思っていた母親が千住の下駄屋・八屋の主の母親として生きているということを、先日、聞かされた。百合に打ちあけるべきだと忠告したのも、鶴次郎と麻だった。

ここからは初耳だ。

――会いに行って万が一、母親から突き放されたって、もともとじゃないですか。どっちに転んだっていいじゃない。

「私がそういったら、おまえに俺の気持ちはわからないって怒鳴られた。もしその女がしらばっくれたり逃げたりしたら、おれは二度、母親に捨てられるんだぞって。それからもあの人、毎晩うなされて」

だが昨日、庄左衛門は突然、一緒に八屋に行ってくれと、百合にいったという。

――日をおくごとに、気持ちがすくみ、苦しくてたまらない。お前が言う通りだ。今年中にけりをつける。

ふたりは紋付を着て、千住の八屋に出向いていったのだという。

「おさとさんは泣いて、おまえをおいて出て行って悪かった、忘れたことはないっていってくれたんです。あの人も、おさとさんにおとっつぁんやじいさま、ばあさまのしたことを許してほしいと手をついて。……おさとさん、旦那さまの顔を一度、見たことがあったんだそうです。やっちゃ場の団扇を伊勢忠が毎年作っていて、それが届けられる日を耳にして思わず駆け付けたとかで。その折、旦那さまの姿を見られたとか。だから、店で顔を見た時に、すぐにわかったといっておられました」

八王子に戻ったものの、小さな村のことで、さとは婚家を飛び出してきた女、新之助は奉公先をやめて女と駆け落ちしてきた男だと白い目で見られ、ふたりは八王子も追われるように後にせざるをえなかった。新之助は千住で店を開いていた兄弟子を頼った。子のない兄弟子から店を譲り受けてからは、隠居所を奥に作り、兄弟子夫婦がこの世を去るまで孝養を尽くし続けた。

千住に住んだものの、さとは目と鼻の先にある千住大橋を渡ったことがなかった。庄左衛門をおいてきた江戸に足を踏み入れる資格は自分にはないと、さとは自分を戒め続けていたという。

長い話をし終えると、百合はほっとしたように長く息をはいた。

麻と鶴次郎は顔を見合わせた。

「庄左衛門さんとおさとさんが巡り合えて、よかったわねぇ」

だが、百合は目をふせた。

「よかったんでしょうか。私が会いに行こうなんていったから。これからうまくいくんでしょうか。親子の名乗りをしてしまって、これでめでたしめでたしになるなんて、おめでたすぎる気もして」

さとが家を出て約三十年もの月日が流れている。物心つくときにはすでに母がいなかった庄左衛門の胸の中には、さまざまな気持ちが降り積もっている。恋しさだけではない。悲しみや寂しさ、怒りもからみあっている。

さとだってそうだろう。今は喜びに酔っていても、息子を捨てたという後ろめたさからは逃れることができない。

さとと新之助の息子は、大店の主が自分の義兄といわれても、いきさつを考えると、気安くつきあえるかどうか難しいに違いなかった。

今まで蓋をしてきた箱からいいものも悪いものも一度に飛び出してきたようなものだ。

鶴次郎がふっと笑った。

「お百合さんは心配性だすな。庄左衛門さん、お百合さんがいわんでも、遅かれ早かれ、いつかおっかさんに会いにいかはったんやないか。気になって、放ってはおかれへん。それを早めてやったんはお百合さんのお手柄やで。立ち止まって苦しむ時が短くてすんだんやから。お百合さんが責任を感じることやあらへん」

「でもこれからどうなるのか……もし、いがみ合うようになったら、あの人のいう通り、二度母親を失うことになるかもしれない」

「親子兄弟ちゅうもんは難しいもんやからなぁ。仲良う育ってきた兄弟でも、親子でも、うまくいかへんとなったら手が付けられませんで。他人より始末が悪い。縁の切れた親子兄弟もぎょうさんありますからな。ましてや長い年月離れていたんや。何が起きるかわかりませんわな。成り行き次第や」

さらりといった鶴次郎を百合が恨めし気に見て、ため息をついた。

「これからどうすればいいのやら……」

「お百合ちゃんが心配する気持ちもわかるけれど、手探りで、少しずつつきあいを重ねていくしかないんじゃない？　でも庄左衛門さんにはお百合ちゃんがいる。お百合ちゃんが庄左衛門さんにしっかり寄り添っていたら、何があっても大丈夫よ」

麻がなぐさめるようにいうと、百合は小さくうなずいた。

「……へこたれないようにしなくちゃね。でも、なんでお義父《とう》さん、今まで口を閉ざして語らなかった話を、今わの際に、あの人に打ち明けたんだろう。おさとさんだってそうよ。訪ねてきたあの人に赤の他人だと突き放すことだってできたのに、そうはしなかった……」

百合がつぶやくのを聞きながら、親という者は不思議なものだと、麻は思った。

さとは命を絶とうとしたほど、ひどい仕打ちをうけた。記憶から消してしまいたいような日々だっただろう。憎らしい舅姑になつき、自分を女中扱いした子など、もう忘れようと思ったことだってあっただろう。だが、三十年たった今も、別れていた子どものことを思い続けていた。

伝右衛門は黙っていれば、それですんだのに、息子の庄左衛門に、自分のみっともないところや両親の残酷な仕打ちもすべて打ち明けた。

「お義父さん、おさとさんの命日にはお経もあげてもらったりしていたのよ。命日なんてなかったのに。お寺までまきこんで、ほんとのことを隠していたのに」

鶴次郎はふうっと息をはき、天井を見上げた。

「持ち重りがして、この荷物をおろさないと、冥土《めいど》にたどり着けんと思わはったのかもしれませんな。それに、おさとさんが出て行ったことを知っている人はいるかもしれへん。伝右衛門さんが亡くなった後で、誰かから庄左衛門さんがひょいと聞かされるかもしれへん。もしかして、庄左衛門さんがおさとさんを探し出し、親子の対面をはたすことができれば、自分がのうなっても、庄左衛門さんに親が残ると考えたのかもしれへん。いずれにしても、本当のことを打ち明けるってゆうのは、しんどいことやったと思いますで」

鶴次郎はしばらく考えこみ、また口を開いた。

「よかったんとちゃいまっか。おっかさんは生きているわけやしな。うらやましい話でっせ」

ふと麻の脳裏に母・八千代の顔が浮かんだ。

八千代は死んでしまった弟・長一郎のことを忘れることができないでいる。自分はそんな長一郎に今も悋気《りんき》して、八千代に壁を作っている。八千代の言葉のひとつひとつにぴりぴりして、いらだちを募らせることがある。

次第に麻は自分がおろかに思えてきた。庄左衛門に比べれば、自分がこだわっていることなど、ほんの芥子《けし》粒のようなものにすぎないではないか。

そのとき、足音がして、政吉が廊下から顔をだした。

「お麻さま。文が届いております」

「ちょっと失礼」

立ち上がって廊下で文を開いた。根岸からだった。麻は無言で文面を追った。

鶴次郎が腰を浮かした。

「なんぞ急な用事でも?」

麻が顔をあげた。

「明日、ふたりが帰ってくるって。こっちで年越しをするって」

「そりゃ、重畳だす」

ニコッと笑った麻の目からほろりと涙が一粒こぼれた。

麻はあわてて指で涙をおさえた。

文には、「明日、本宅に帰ります。新年、いちばん先に見たいのが麻の顔ですから」

と八千代のくずし文字で書いてあった。

「ほな、わては店に戻りますわ。お百合さん、どうぞゆっくりしていってておくんなはれ」

部屋から出てきた鶴次郎はすれ違いざま、麻の頭をぽんぽんと軽く押さえ、耳元でささやく。

「親が元気でいる限り、お麻も娘やな。ありがたいこっちゃ」

麻は首をすくめた。

部屋に戻った麻の顔を、百合はのぞきこんだ。

「お麻ちゃん、家にいるときも唇に紅を塗っているのね。きれいよ」

「ありがと。お百合ちゃんの口元もきれいよ」

そのとき、菊が膳を運んできた。それぞれの膳には漬物ときんぴら、つくだ煮、おからの五目煮など、ありあわせのものを盛りつけた小皿が並んでいる。

勝手に戻った菊は徳利と盃を載せた盆を持ち、また戻ってきた。

「あら珍しく手回しのいいこと」

麻がいうと、菊は眉をあげた。

「旦那さまのおいいつけでございます。お百合さんもいける口だそうでございますね」

「実はそうなんですの。あの母の娘ですから」

「弥生さまもお強くていらっしゃいますよね」

くすくす笑いながら菊は酌をする。

「もう少ししたら鰻も届きますそうで」

鰻も鶴次郎の手配だろう。

盃をかかげ、ふたりは酒を口にした。くい〜っと麻が飲み干す。

「おいしいっ。花筏ね、これは」

「正解でございます。利き酒だけは間違ったことがないんですから、お嬢さまは」

「だけは、ですって」

「聞こえましたわ、私にも」

百合がふかぶかとうなずいて噴き出した。

菊は知らんふりをして、またふたりの盃に酒を満たす。

「そうそう、明日、おとっつぁまとおっかさまが根岸からこっちに来て、一緒に年越しをするって。やっと折れてくれたわ」

「それはよろしゅうございました。ですがお嬢さま、こげ太と茶々のことを大奥さまに打ち明けられたんですか」

盃をもつ麻の手が止まった。

八千代は犬猫が嫌いである。目をむく八千代の顔が、麻には見えるような気がした。みゃーと声がし、障子がぺりっと音をたて、にゅっと猫の手がのぞいた。まるで麻と菊の話を聞きつけたように、子猫たちが帰ってきた。

菊が障子をあけてやると、二匹は中でくんずほぐれつをはじめる。座敷だろうがどこだろうがお構いなしである。

「新年に備えて障子を張り替えたばかりなのに。ほんとにあの子たちったら」

菊のこめかみに青筋が浮き上がる。

障子を張れば破る、破られれば張るのいたちごっこだ。

一時、猫が開けた穴を桜の形に切った障子紙で補修したりもしたのだが、あっという間に家じゅうの障子は満開の桜と化した。茶の間は桜吹雪《ふぶき》でもかまわないが、新年を迎える座敷はそうはいかない。

「どうしよう。猫のねの字も、おっかさまには言ってない……びっくりするわよね」

「さぞ驚かれるでしょうね」

「なんていったらいいと思う？」

「正直にいうしかないんじゃないですか」

「怒って、根岸に帰ったりしないわよね」

「そこは上手におっしゃらないと」

菊はすました顔でまたふたりの盃に酒を満たすと、下がっていった。

一難去ってまた一難だ。

「だめだわ。どう切り出せばいいのか、全然、思い浮かばない。お百合ちゃん、一緒に考えてよ」

「そういわれてもねぇ。下手《へた》なことをいって、八千代おばさまがご立腹になったらと思うと。おばさま、怒ると怖そうですもの」

「怖いのよ、きゅーっと眉をあげて、妙に抑えた声で小言をいうの」

麻は膝にのってきた茶々をなでながらため息をついた。

そのとき、勝手のほうから菊の声が聞こえた。

「お嬢さま、雪がふってまいりましたよ」

茶々を抱きながら、麻が障子をあけると、小さな雪片が、薄青い空からひらひら落ちていた。

「珍しいわね。晴れているのに雪なんて」

こげ太を抱いた百合がそばに来て、空を見上げてうなずく。

「風花でございますよ」

麻が振り向くと、菊が立っていた。

「青空の下で降る雪は、風が遠くから運んできた雪だそうですよ」

「風が運ぶ雪だから、風花か……」

麻がうなずいた。百合がぽつりという。

「来年はいい年になるかな。何かあっても明るい年になるといいな。この空みたいに」

「ほんとね」

だが麻はその前に、こげ太と茶々のことを八千代に打ち明ける方策を立てなくてはならない。たかが猫、されど猫である。

「鰻飯がまいりましたよ。あたたかいうちに召し上がってくださいな」

一度台所に戻った菊が膳にどんぶりを並べていく。

「食べよう。お百合ちゃん。鰻飯で元気をつけなくちゃ。腹が減っては戦《いくさ》はできぬってね」

「それそれ」

蓋をあけると、甘じょっぱいたれの匂いと香ばしさが立ちのぼった。

「もしかしてこれ、吉川の鰻じゃない？」

吉川は百合の母・弥生が贔屓にしている店だ。弥生が好きなら、娘の百合も好きに違いないと、鶴次郎が小僧を買いに走らせたのだろう。

「気がきいてるでしょ。うちの人」

「結構ですこと。鰻飯もこちらの夫婦仲も」

のろけられずにいられない麻に、百合は苦笑した。

肉厚の鰻の身にたれが染みこみ、嚙み締めるたびにうまみが口中に広がる。

おいしいものを飲んだり、食べたりしていると、物事がよいほうに転がる気になってくるから不思議だ。

生きていればいろいろある。乗り越えねばならぬこともある。

だが人は変わることもできる。

八千代はやみくもに犬猫を嫌ってきたが、食わず嫌いだったかもしれない。子猫を抱っこしたら、かわいいと思ってくれるかもしれない。

明日はとりあえず八千代の好物を作ろうと麻は思った。

卵を持ったかれいの煮つけ。茶碗蒸し。小松菜と油揚げのさっと煮。切り昆布の煮物。芝エビのから煎《い》り。柚子《ゆず》味噌を添えたふろふき大根。

思わず、麻から笑みがもれた。母の好物はすべて、麻の好物であった。

光文社文庫

文庫書下ろし／長編時代小説

麻《あさ》と鶴《つる》次《じ》郎《ろう》　新《しん》川《かわ》河岸《がし》ほろ酔《よ》いごよみ

著者　五《い》十《が》嵐《らし》佳《けい》子《こ》

2023年9月20日　初版1刷発行

発行者　三宅貴久
印刷　堀内印刷
製本　フォーネット社

発行所　株式会社　光文社
〒112-8011　東京都文京区音羽1-16-6
電話（03）5395-8147　編集部
8116　書籍販売部
8125　業務部

ISBN978-4-334-10032-2　Printed in Japan

組版　萩原印刷